D1699571

Elisabeth Baumgartner   Chnöpf u Blüeschtli

Elisabeth Baumgartner

Chnöpf u Blüeschtli

«Änneli» u wyteri Gschichte
us em Trueb

Zur Neuausgabe

Diese Sammlung erschien erstmals im Jahre 1948 im Verlag A. Francke in Bern. Für die vorliegende Neuedition wurde sie um das reizvolle und schwer zugängliche «Änneli» ergänzt, das 1953 im Band «No meh Bärner Gschichte» des Scherz-Verlages erschien. Für diese Ausgabe wurde die berndeutsche Schreibweise nach den Richtlinien von Werner Marti (Bärndütschi Schrybwys, 2. Auflage 1985) überarbeitet und im Anhang ein Wörterverzeichnis angefügt.

Umschlagbild:
Das Hausiererehepaar Hans und Lisabeth mit seinem Wagen beim Bauernhof Hösel in Langnau. Foto um 1910, Privatbesitz.
Hauptpersonen der Geschichte «D Hochzytreis» (ab Seite 54).

© 1990 Verlag Emmentaler Druck AG, 3550 Langnau
Produktion: Markus F. Rubli, Verlagsberatungen, Murten
Lektorat: Gisela Liechti, Langnau
Umschlaggestaltung: Hans Wüthrich, Langnau

Satz und Druck: Emmentaler Druck AG, Langnau

ISBN 3-85654-895-5

Inhalt

Pfingschtrose

We me nid süscht gwüsst hätt, dass Pfingschte wär, der sälb
Morge hätt me's müesse gseh u gspüre u schmöcke. Wi früsch
glesüürt u nöi usgstaffiert ischt eim d Wält vorcho. Sogar d Sunne
het eim glitzeriger düecht weder d Wuche vorhär. Un es ischt
eim sälber gsy, mi heig e Sprutz früsches Bluet i de Adere, wo
itze i alli Glider usefahrt u eim i de Fingerbeeri gramselet. U
was schmöckt ächt ömel o däwäg guet? Isch es ächt ds Bluescht-
hung, wo i de Wabe glänzt u itze vo der Sunnewermi gchöcherlet
wird? Oder isch es vo de junge Schützlige im Wald äne, oder vo
dene tuusig u aber tuusig Blüemli, wo Pfyfölterli ganz wirbelsin-
nig wärde derwäge? Oder sy di Tröpfli i de Chittelichrutbächer
lutersch Schmöckwohlwasser? Mi müesst fascht gstudiert ha, für
das alls use z düftele.

Müli-Änni, oder itze Stöckli-Änni, sider dass si em Junge ds
Gschäft u ds Heimet hei ubergä, muess wääger ömel o blybe
stah, muess luege u schmöcke. Es sött eigetlich pressiere, es wott
de z Bredig u muess itz no hurti Salat u Schnittlech reiche im
Garte u chly vorwärche für Zmittag. Eso het me's halt de, we
me nimme Lüt het, wo me ne cha bifäle u wo eim vorspringe.
Weder mi muess's nume wüsse fürznäh u yzrichte, de chunnt me
scho z Chehr. Ds Suppefleisch het es scho uber, der Spinet isch
brüeit u gnypet u d Härdöpfel – e herrjeh, si bruche ja nume
zwee – cha Peter no rüschte. Mi cha de im Schwick ässe, wen
es vo der Bredig hei chunnt.

Aber itz muess es si gwüss e chly suumme. Dä Garte! E settegi
gueti Gattig wi dä Morge het er der ganz Hustage nie gmacht.
Das ischt si de hingäge scho derwärt z luege. Es darf de d Spazier-
lüt, wo namittag aber z kuppelewys wärdi cho, scho la uber e Gar-
tezuun y gwungere, es darf de d Ohre spitze, wen es uf der Tarässe
hinger em Bireghääl Sunndig het u im Fulänzer hocket. Settegi
Stöifmüeterli! Es het si gachtet, wo's i ds Dorf ischt – i kem
einzige Garte inne sy sövel maschtegi u grossbluemeti vo allne
Farbe. Nid emal der Gärtner bruucht es z schüüche. Jä, mi muess

halt der Sach luege u awänge. Eh – u der früech Bluemchöhli het scho alle zeichnet, u der Zuckerstockchabis fat o scho afa lyre. U d Böhndli, u der Salat! Mi chönnt se an e Usstellig gä, so vollkome sy si. Ach, Änni sött albe schier lache, we d Froue chly schaluus wärde u säge, das syg halt gar e früeche un e guete Garte. Drum tüej ihm o alls eso wohl grate. Es isch wääger no meh es Chönne weder es Grate, das darf es de scho säge, ohni si wölle z rüemme. Oder wi chäm es ächt use, wen es d Natur alleini liess mache? Eh, wen es no dra däicht, wi dä Garte het usgseh, wo ne d Schwigermueter het gha! Die het vom Gartne nid grad vil verstange, so ne gueti wi si ja süscht isch gsy. I de Meiebandeli het d Melisse u d Münze alls uberno u der Buchs tödt, u der Saame het si nid na der Schnuer gsäit. Vom Gjät gar nid z rede. Un itze! Wi d Regrute stah syner Salathöitli, der Buchs isch pfyffegrad gschnitte u i de Wägli e dicki Legi Lou. U Gjät! Es müesst öpper spitz luege, für nes einzigs Stüdeli z finge. Aber mi muess drum druffe sy, darf nüt la absaame! D Söibluemestüübi fasset es albe fascht scho i der Luft ab, we sen ihm uber e Garte ewägg zwirble.

Aber itz lütet's wääger scho ds Zeiche, itz muess es mache. Es chöhlet es Hämpfeli Schnittlech, bricht es Eschtli Peterlig ab, list mit sicherem Griff ds chächscht Salathöitli use, steckt gschwing es Meiestäckli besser i d Gredi u chlemmt im Verbygang e verblüeite Tulipachnopf ab u nimmt e Schnägg ab eme Chabisblatt. Dernah tschaargget's bim Tööri der Lou vo de Schuene u wott gäge der Chuchi zue. Aber itz git's ihm e Stich. Di Parylle! Was ischt itz o hüür mit dene Parylle? Süscht hein ihm die uf Pfingschte blüeit, syg si früech oder spät gsy. Es hei si vil Lüt drab verwungeret u allwäg gmeint, es chönn fascht häxe u brümeli dene öppis. U das Jahr hei si u hei si nid wölle. Un es het ne doch agwängt wi süscht, het im Herbscht Hüenermischt ungere ta, het no angeri Meschti derzue gströit u se gratsemet. Si sy ja gsung u fräch u graglet voll Chnöpf. Aber di grüene Kälchblettli drücke der rot Blueschtpolle zäme, wi we si us luter Verbouscht ihm ds Ufgah u ds Blüeje wetti hingerha. Änni hätt gueti Luscht, di grüene, zääche Fingerli mit Gwalt z löse. Wi ne Zylete bösi

8

Purscht, wo tuble, chömen ihm syner Pfingschtrosestöck vor. Abah – es macht si albe so guet, we a der Pfingschte di ganzi, längi Bande vor em Stöckli dür ei Bluescht isch u scho vo wytems zündtet! «Eh, luegit, di Pfingschtrose!» säge albe d Stadtlüt u blybe stah u chöi si nid gnue verwungere. U geschter het ihm Peter dörfe säge: «Itz hei si der doch einisch nid pariert, dyner Parylle!» Räässer weder dass es si grad so schickt für ame Pfingschtmorge, het Änni ds Gartetööri la i d Falle chlepfe. Eh ja, we me scho afe bal chly hässigs wird!

Änni hätt eim zu jeder Zyt u zu jeder Stung unerwartet dörfe i ds Stöckli yche la. Nie het es en Unornig gha; syner Böde sy gäng gsy, mi hätt drab möge Nydle ässe. Es het's halt o hie so gha wi bim Garte: mi darf gar nüt la yche cho, wo nid yche ghört. Mi cha ds Mannevolch scho drässiere, we me wott. Wi vil besser het me de nachhär! Uber Petere chönnt es ja dertdüre nimme chlage.

Äbe! Stöckli-Peter verdräcket d Schue nimme hert u macht kener strubi Wärchtigchleider meh. Nid dass er der Heer spile wett; aber er isch lahme u muess grüüsli gnue loufe. Vom Schmärze, won er derzue no het, seit er nid vil; aber di fyne Chrinne i sym schmale bleiche Gsicht chöme allwäg scho vo derthär. Es isch wääger o nid vom Guetha, dass er itz e settige Himpi ischt, er het mängischt ubertribe bös gha, bis d Müli die isch gsy, wo si itze ischt. U vor paarne Jahre ischt er no ungfelig gsy bim Fuerwärche. Eh, itz chönn er'sch ömel schön ha, seit albe Änni, chönn ungsorget zum Tisch u uuf u nider wen er wöll. – Itz muess es ihm no chly Kunzine gä wäg em Zmittag. Weder er sött's ja afe wüsse: Nid z unerchannt alege, nume öppe es Schytli, dass ds Fleisch nid ploderet, nume im Chochige ziet. Wen es us der Bredig lüti, so söll er d Härdöpfelstängeli ubertue, er heig's ja o scho meh gmacht. Es früsches Tischlache heig es scho darta, u Täller u d Särvice sygi uf em Puffert. Süscht bruuch er nüt z mache weder öppe z luege, dass d Purschtli vo däne nid chömi cho strupfe i Garte, u dass d Hüener nid uf d Tarässe yche chömi. U der Moudi söll er furtjage, wen er aber de Vögeli nahfahr im Zwätschgeböimli obe. So. – Itz wär es zwäg. Scho mit em Huet uff u ds Psalmebuech unger em Arm schnydet's no hurti ds Brot i d Suppeschüssle u schnätzlet der Schnittlech. Nid dass ihm de Peter das so grobiänisch mach!

«Un itz bhüet di Gott, Peter! Lueg de guet, gäll!» Aber es isch mit de Gedanke scho im Strässli äne. Was ischt itz das für eini i däm Monstrum vo mene Huet? Das wott es de no wüsse, ob's i der Chilchen innen ischt. Es pressiert u seit flüchtig «ja-ja», won ihm Peter nache rüeft, es söll's de für ihn o guet mache.

Peter steit es Blickli unger der Tür u luegt ihm nah. Ja, mi sött no so möge wi Änni, sött no chönne gäg em Dorf vüre loufe ame settige wunderbare Morge, sött si chönne la rüefe vo de Chilchglogge. Der Jung hätt ja scho ds Fuerwärch vüre gno, wen er'sch bigährt hätt; aber d Ross hei gar bös gha di Wuche, er hätt's ungärn, hütt uszwägele. Aber mi chunnt chly näbenab, we me nimme Stäg u Wäg bruuche cha. Un es muess o glehrt sy, das Näbenussestah, das chan er eim säge. Weder nid, dass er öppe chlage wett, gar nid. Und es söll ja däich so sy, dass me süüferli uf enes angersch Glöis gfüert wird. Er cha ja für ihn alleini o Pfingschte fyre. Gsunndiget ischt er ja scho.

Vor em Stöckli, im grüene Schatte vom Bireghääl, isch es fascht wi i re Chilchen inne, we d Sunne dür di gfarbete Schybe schynt.

U still isch es o. Vom Huus ubere ghört me öppe es Ching lache, der Mülibach ruuschet, un uf em Dach rugge d Tube u brichte zäme. Uber d Lähne vom länge Bank macht e Tuechmässer syner Bögli. Peter muess ihm alli Lengi zueluege u het Sorg, dass er ne nid öppe drückt un ihm i Wäg chunnt bim Alige. U win er däm Wurm so zueluegt, chunnt ihm e Liedervärsch i Sinn, wo albe d Mueter sälig gsunge het:

Was nah ist und was ferne,
Von Gott kommt alles her,
Der Strohhalm und die Sterne,
Der Sperling und das Meer.

Ja, mi cha ja gar nid usdäiche, wi gross u allmächtig d Schöpfig ischt, u wi wunderbar alls gordnet. En Andacht chunnt uber ihn, win er'sch no sälte het erläbt. Es düecht ne, mi ghör vo wyt dänne orgele, es düecht ne, es red eine mit ihm u ziej ne ganz naach zuen ihm zueche. E grosse Fride chunnt uber ihn.

Aber itz wird er gstört. Es chunnt öpper mit gnaglete Schuene dür ds früsch ubergrienet Strässli, wo ob em Stöckli dür gäg em Dorf zue geit. Peter chönnt ring errate, wär es ischt. Es wird dä sy, wo fascht all Sunndig um die Zyt verby geit. Er wird ume es grüens Schoppegütterli i der Chuttebuese ha, für'sch im «Hirsche» vor la z fülle. U de geit er dermit gäge sym Hüsli zue im Loch hinger u lat nid lugg, bis ds Gütterli läär ischt u är volle. U wär doch e settige gschickte u gschyde Hänseli, u d Böim chan er eim drässiere wi nid gschwing öpper. Es het Petere scho mängisch plaaget. Mi sött doch da öppis derggäge mache. Aber was? Er isch lidig u fallt niemmere zur Lascht. D Hirschewirti heig o scho meh weder einisch probiert, ob sen ihm das Schnäpsele ame Sunndig nid chönnt abgwenne, heig ihm ds Ässe anerbotte u gseit, er söll lieber e Zweier ha, das tüej ihm besser. «Jeder nach seiner Fasson», heig er sche abgsüferet. «Der Leib hat's verdient, der Leib muss es wieder haben!» We si's nid chönn la gälte, so gang er de fürderhi i d Pinte vüre. Jä, das man er nid erlyde, we me mit ihm chingelehret. – Bi däm sött me's angersch chönne vürnäh.

Peter steit uuf, gnoppet uber d Tarässe vüre, Hänselin grad prezys a ds Arichtloch. Dä ischt schier erchlüpft. Peter het's wohl gseh. «Du woscht o chly druus», redt er ne a. Es ischt e dummi Frag, er weiss's scho; aber es chunnt ihm der Ougeblick grad nüt Gschydersch i Sinn. «Ja, chly», macht Hänseli u wirft Petere e stächige Blick zue; aber er blybt nid emal stah. «E schöne Tag hütt», häicht ihm Peter ume a. «Was meinscht, het's es ächt?» Itz muess doch der anger verwyle. «Weiss nid», seit er mutz, «das wird me de gseh.» Dermit wott er scho ume d Finke chlopfe. Aber Petere isch es, er dörf ne eifach nid so la gah, er müess ne no chly abinge, müess ihm uf ene Wäg e Wehri mache, für ne uf enes angersch Trom z bringe. We eine süscht rächt isch gsy, so sött er nid mit graue Haare no i d Unehr cho! «Wo bisch gäng drinne?» fragt er u trappet ab der Tarässe i Wase use neecher zuen ihm. «Hm», macht er troche u chly spöttisch, «dürhar, weder im Himel no nie», u blybt itz doch stah. «Eh, das spart me ja bis zletscht», git ihm Peter nah u ziet es Büngli Stümpe us der Blusetäsche. «Bigährscht eine?» «I rouke nöie vormittag nid», schlüüft ihm Hänseli scho ume uus. «Ig süscht o nid», seit Peter; «aber sälb zweit tät's mi itz glych no ggluschte. Chumm stell e Momänt ab, es isch gar tuusigs frein, da vor em Stöckli äne.» Hänseli chnüüblet itz doch e Stumpe use, mürmt öppis u lat si Füür gä. Scho meint Peter, er heig's gwunnigs, wo der anger der Fuess uf d Tarässe yche setzt. Aber itz chunnt ihm ungereinischt i Sinn, dass er ja het vergässe, unger em Fleischhafe nache z lege. «I muess hurti yche», seit er, «i chume grad ume.» Wen ihm nume ds Füür nid ergangen ischt!

Wi gseit, Hänseli ischt afe so halbersch uf der Tarässe inne gsy. Aber itz wird er ume misströie. Er het ganz guet gmerkt, was ihm Peter säge wett. Wott er ihm öppe ds Mösch putze? Söll er itz dert uf e Stuel ga abhöckle u si d Lüüs la ache mache? Nenei, ä-ä! Er weiss ja sälber ganz guet, dass es nid guet chunnt mit ihm, wen er der Sucht, wo i der letschte Zyt gäng wi meh uber ihn chunnt, nahgit. Er chönnt ja hütt umchehre, Petere zlieb, er isch gäng e rächte u gäbige Ma gsy. Ännin het er de minger gärn. Das redt ihm u minischteret ihm chly zvil. Aber er ischt schliesslig niemmere nüt schuldig. U was söll er de der liebläng Sunndig mache? So eine wi Peter cha wohl! Ihm hingäge chochet niemmer u stellt ihm d Läderpandoffle zwäg; kener Purschtli rüefen ihm Grossvatter, u kes Änni tuet ne muschtere.

Ja – am Änd, we itz Peter chäm u no einisch sieg, er söll zuen ihm cho un ihm hälfe goume, am Änd losten er ihm no. Es wär hie es schöns Sy. Er lost u wartet es Rüngli. Mi ghört Petere mit em Füürhaagge i der Füürblatte fäliere.

Itz schlat es a der Chilche im Dorf zächni. So. Wen er gah will, so muess er gah, süscht ischt er de verchouft u louft de Brediglüt a d Nase. Peter wird nimme im Sinn ha z cho u het ne däich vergässe, oder het Angscht ubercho, Änni balg de mit ihm. He nu, also. Also, so weiss me, welewäg ume dass me geit.

Wo Peter ume chunnt, gseht er Hänselin no grad verschlüüffe

bir Müli äne. Er luegt nid ume. Itz ischt er ihm doch no etwütscht! Es drückt ne. Abah, dass ne itz das Füür so het müesse versuume! Richtig isch es fascht erlösche gsy. Müede, fasch chly gschlagne hocket er uf e Stuel. Aber itz gspürt er nimme dä Fride wi dä Morge. Es chunnt ehnder e Urascht uber ihn; er muess ume ufstah u desume loufe, so gnue dass's ihm geit. Er het sy Sach nid guet gmacht, er gspürt's. Aber was hätt er sölle? Wi hätt er'sch chönne vürnäh? Er het doch Hänselin nid chönne verbiete, sys Gütterli ga la z fülle! Er het ihm doch nid chönne e Bredig ache läse. Er hätt däich meh verderbt dermit weder gwunne. U doch! Wo-wohl, es wär öppis gsy z mache! Er hätt ne chly sölle versuume, u dernah hätt er sölle säge: «Chumm's itz grad cho mit is ha! Iss mit is Zmittag, mir hei vür u gnue, un es isch churzwyliger, wen is öpper hilft derby.» Das hätt er sölle. Aber was hätt de Änni gseit, wen är ihm e settige Choschtgänger hätt zuegha? Äs, wo sövel es Exakts un es Süberligs ischt i allne Teile u's nid ma lyde, we öpper nid guet tuet, wo der Verstang hätt derzue. Aber er cha si nimme uf d Fleischsuppe un uf e Spinet fröie, un es düecht ne, d Sunne heig nimme dä Glanz wi dä Morge.

Änni ischt o andächtigs gsy i der Bredig u het si der Tägscht gmerkt, für ne de Petere z säge. Nid dass es nid albeneinisch hätt e Blick näbenume ta, für z luege wär da syg, oder dass es nid hätt müesse dra däiche, ob ächt Peter zum Fleisch lueg, u ob es ihm nöie befole heig, dass er schi de uf d Hüener achti, wo si im Huus äne däich aber hei zum Hof uus gla. Aber es het si de sofort ume gsammlet un isch di ganzi Bredig uus nie vom Trom cho. Un es het's gfröit, wo me grad no sy liebscht Pfingschtpsalm gsunge het: «O heilger Geist, kehr bei uns ein!» Un es hätt dä Batze dörfe la luege, won es dem Chilchen-Eltischte het i ds Seckli ta. Zfride isch es gäge hei zue. Es isch hie u dert chly blybe stah u het ggrüesst u brichtet, het i d Gärte yche gluegt, ds Meiezüüg ginspiziert, der Aate öppis töifer zoge näbe de Hüser düre, für z wüsse, ob si Grüens oder Grouchnets uber heigi.

Es het o gseh, dass meh weder eini der Flachs z dünn gsäit het, u dass syner Bohne wyter nache sy weder di meischte. Aber es het doch de o a d Bredig däicht. Es isch grad so, wi der Pfarer gseit het: Der Pfingschtgeischt sött o ume dür d Wält bruuse u a de Härze rüttle u use ruumme, was nid yche ghört. Es ischt afe vil Süng u Ugloube i der Wält. Eh – es git ja gäng öppe no Chrischtelüt, wo wüsse, was si ghört, wo no z Bredig gah, wo no öppis uf de alte Brüüch hei, wo nid der Luschtbarkeit nahfahre. Es wott si nid öppe rüemme, bi wyt u fern nid; aber es het gäng uf Ornig gluegt i ihrem Huus, es het nüt Uchrischtligs tolet, d Ching hei glehrt folge u sy drum o grate. Äs u Peter hei im Fride gläbt – eh ja, alls het es ihm ja o nid chönne düre la – u mit em Sühniswyb geit's guet, das git da nüt z brichte für d Nachberschlüt. Eh, es cha si eini ja scho chly ungerzie, we si däwäg cha ychehocke wi di Jungi. U bätte tuet me o.

So ischt Änni zfride u erbout vo der Pfingschtpredig hei. Mi dörf's ja fasch nid däiche, verschwyge säge – aber es wüsst wääger nüt, won ihm der Pfingschtgeischt sött us em Härze jäte. Es het o dert Ornig.

Aber itz muess ihm doch no e schwarzi Chatz uber e Wäg loufe. Soso! Muess dä Hänseli no a re helige Pfingschte mit sym Schnapsgütterli gäg em Wirtshuus zue loufe! Das het itz doch afe ke Gattig! Dass üse Herrgott das nume tolet! Es düecht Ännin bal, er chönnt o chly besser luege, dass eim nid grad es settigs Ergernis vor d Ouge steit, we me us der Bredig chunnt. Ännin düecht's, da sött me mit Blitz u Schwäfel dry fahre, we eine a der Pfingschte, usgrächnet denn, we si i der Chilche ds Abedmahl näh, sys Geischtige i ds Wirtshuus geit ga reiche. Es cha nid begryffe, dass me da so cha zueluege. Es ischt stercher afa gah, fasch wi wen es nid di glychi Luft wett yzie, wo dä nütwärtig Hänseli. Nei, da cha me de scho nid verlange, dass me ame settige Brueder seit, wi's i der Bibel heisst. Grad alls cha me de o nid buechstäblich näh.

Peter het d Sach i der Ornig gha. Ds Fleisch isch grad äberächt u d Härdöpfel ling. Es bruucht nume no der Spinet fertig z mache, der Salat azrüehre u azrichte.

Aber scho won es d Chuchischöibe aleit, fat es vo Hänselin a. Dass si dä nid schäm! U dä heig me de fürderhi nimme, für d Böim z rangschiere, we das itz afe e settige Suufludi syg, dass er sogar a re Pfingschte – «Eh, grad Suufludi darfscht ihm nid säge!» bricht ihm Peter ab. «Er wärchet doch de mängisch wuchelang ohni e Tropf Geischtigs.» – «Äbe», fahrt Änni dry, «äbe, er chönnt ja angersch, wen er wett! Er isch eifach e Nütnutz, dass er däwäg em Gluscht nahgit.» «Er ischt äbe o ne schwache Möntsch», redt ihm Peter ume z bescht. «Jabah», macht Änni, «e settige Beel win er ischt u de no wott gschyder sy weder anger Lüt! Mit settigem chumm mer nid! Mi muess si chönne zämenäh – u das muess me!» Mängisch hätt Peter gschwige; aber hütt chan er nid angersch, er muess no chly für Hänselin rede.

«Er het's gar ländtwylig ame Sunndig i sym Wonegli inne», macht er. «So gieng er z Bredig oder läs öppis!» tuet ne Änni ab. «Aber mir wei itz ässe.»

D Suppe ischt chüschtig, u ds Fleisch heig fascht e Guu nach Nusschärne, seit Änni. Aber warum dass Peter nid äss? Es müess ja di ganzi Wuche Spinet wärme, wen er nid meh use nähm. U da syg doch no so schön dürzognigs, das söll er doch no näh. «Du hesch nume vil zvil uberta», wehrt Peter ab, «es reckti ja für nes Halbdotze.» Er hüeschtlet u nimmt itz e ghörige Alouf: «Mi hätt Hänselin sölle säge, er söll's mit is ha!» – «Was? Wäm?» – «Eh, Hänselin. Es chochet ihm niemmer, u sälber wird er'sch nid chönne. Drum besseret er däich de mit em Gütterli nache.» – «Eh aber, Vatter!» Wen ihm Änni het Vatter gseit, de het Peter gwüsst, dass es nid gspasset. «Eh, i ha nume däicht, mi hätt ne dermit chönne vom Treiche abha.» «Ja – warum nid gar – das wär itz e nöji Mode, we me settig Loudine vo der Gass yche zum Tisch nähm! Däich doch o, das cha me doch nid!» Änni redt fei e chly lut, fascht wi's öppis ubertöne müesst, wo Petere het wölle rächt gä. Un itz seit Peter öppis, won es si fascht i d Zunge bysst derwäge: «Grad sövel e nöji Mode wär das nid, süscht lis i der Bibel!» Itz eim no so z cho! Itz muess doch de Peter ume chly meh unger d Lüt, süscht git er am Änd no ne kurlige Stürmi ab. Aber säge tuet es nüt meh druuf u fat churzum öppis angersch afa brichte. Es seit o kes Wort, won es zum Pfäischter uus Hänselin gseht, win er em Mülibach nah gäge sym Hüsli zuegeit.

Der sälb Namittag isch es Ännin merkwürdig ggange. Süscht isch's ihm doch ds Liebschte gsy, wen es ame settige Sunndig vor em Stöckli uss het chönne höckle, chly läse, de si ume mit öppere vertampe, chly der Garte vortrabe, de am drü es guets Gaffeeli ga mache un öppe der junge Frou u de Purschtli im Huus äne z rüefe, si sölli gschwing cho mitha. Mängischt isch no süscht öpper derzue cho, un im Schwick, nume vil z gly, isch es Abe gsy. U hütt wott d Zyt nid ume. Vor em Stöckli uss begährt es nid z sy. D Sunne sticht zueche u – eh ja, es bruucht ihm de niemmer cho nes Gheie z ha wäge syne Pfingschtrose. Um ds Läse isch' ihm hütt o nid. D Purschtli im Huus äne mache däich no ihres Mittagsschläfli, süscht chönnt es si chly mit dene vertööre. Peter ischt o ga ablige. Nei, schlafe man es hingäge doch nid ame settig schöne Pfingschtsunndig. Es trappet es paar Schritt em Mülibach nah – nid wyt – het es si vorgno. Aber ob's es sälber fasch nume het gmerkt, ischt es scho ne länge Bitz ggange gsy. Eh, es chönnt ja i däm Fal grad hingerum u de dem Strässli nah vüre. Itz muess es halt bi de Lochhüsli verby. «Die hei de scho der rächt Name», muess Änni däiche, «no nid halbi drü u scho der Schatte druffe!» I eim vo dene Hüsli ischt itz Hänseli deheime. Er het e Stube un es Chucheli epfange; no gäg em Port zue. Das muess e rächti Chefi sy! Un itz wird er aber schlückle u sys Gütterli lääre. Dass si e vernümpftige Möntsch nume däwäg cha vergässe u si so zueputze! Ännin fat es ganz afa tschudere, wi we's öppis Wüeschts arüere sött. Aber es muess ömel glych di Hüsli no chly gschoue. Es düecht's, si heigi ihrer Dachchappe no vil wyter ache zoge weder früecher, u d Ouge sygi ne no trüeber worde. Es isch de richtig schon es ungfröits Deheime-sy, ame settigen Ort. «Wi gäb ächt Peter eine, wen er däwäg sött läbe wi Hänseli? Es chäm ne däich o no mängergattig Dumms a. U we me's sälber so hätt? Jabah – mi ligt däich so, wi me bettet het.» Aber der Erger uber Hänselin vergeit ihm glych e chly. Är hätt halt sölle hürate, däicht's. Eso het er'sch ja gwüss ländtwylig ame Sunndig. Dür d Wuchen uus ischt er ja meischtes uf der Stör, u da seit nöie niemmer nüt, dass er schi nid chönn halte. Es syg ja eigetlich de glych no strängs.

16

«Aber mi ischt si doch nid verpflichtet, e settige z goume ame Sunndig!»

U glych het's es plaaget, we's nachedäicht, eigetlich scho sider em Mittag. Es fat ihm ganz afa gnage, un es chlemmt's bim Härz düre. Grad wi me öppis wett usrüte, wo dert fescht agwürzet ischt. Oder wi si öppis wett löse, wo bis dahi isch verchnorzet gsy. «Wo bischt itz gsy?» fragt's Peter, won es ume chunnt. U wo Änni Uskunft git uber das, won er bruucht z wüsse, seit er, da wär er itz o gärn cho. Das syg doch gäng sy liebscht Wäg gsy, u der Mülibach heig ihm doch früecher mängs Bürdeli ewägg gno. Vo däm het itz Änni o nüt gwüsst gha. Da cha me so mängs Jahr näb eme Möntsch yche läbe u chennt ne doch nid! Es tuet's ganz duure. U won es näb em Garte düre geit, seit's öppis, won es süscht allwäg nid gseit hätt. «Myner Pfingschtrose hei's itz o schier wi mängisch d Lüt, die chöi o us luter Verbouscht u Hoch- muet mängisch der Chnopf nid uftue.» «Wi meinscht itz das?» fragt Peter. Er ischt si nid gwanet, dass Änni i Bildere redt. U het es nid ganz glänzegi Ouge gha? Het es ächt mit öppere Chritz gha? U äs het müesse ds Chürzer zie? Für nüt ischt Änni nid sövel zahms u het ds Wasser i den Ouge. Aber mi cha's nid frage. Es räblet scho i de Pfanne u wott Gaffee mache. U di ganzi Wuche druuf hätt Petere niemmer chönne usrede, dass Änni nid es Näggi heig vom Sunndig nache. Aber wi gseit, gfragt het er nid.

Der nächscht Sunndig ischt Änni nid z Bredig. D Agerschte- Ouge plaagi's, es wöll allwäg anger Wätter gä. Süscht het's de grüüsli balget, we me ame Sunndig-Vormittag nid het chönne fertig wärde u öppis het gha z zaagge. Itz isch' ihm sälber so ggange. Es isch nid emal derzue cho, e Bredig z läse. Bal muess es öppis bim Brunne chosle, de ume der Chatz nahloufe um ds Stöckli ume, muess Meiestöckli vürersch stelle – es het ke rüejige Momänt. U we de no öpper syner Gedanke hätt chönne läse! «Chunnt er ächt, oder chunnt er hütt nid?» Un es het zwüsche de Umhängli vüre ggüggelet wi nes Meitschi, wo der Schatz erwartet, u ds Härz het o chly gchlopfet. Won es de zächne rückt, geit es mit em Löcherbecki u me Schnitzer i Garte, für Salat u Schnittlech z reiche. Aber es achtet si nid so uf d Sach wi süscht.

Es muess lose. U itz myträi, itz ghört's e Schritt. Wott er öppe näbedüre tüüssele? Scho chunnt er um e Egge, ob si Änni rächt het verfasst gmacht gha. Aber itz richtet's d Falle. Es geit zum Zwätschgeböimli ubere, macht, wi's hätt en Ougeschyn abgno, u wo Hänseli chunnt u näbedüre wott, chuum dass er ggrüesst het, häicht es ihm y. Ob er nid wett luege, was ächt o mit däm Böimli syg. D Bletter wärdi gälb, u d Bluescht syg alli abgheit. Wohl, es gratet ihm, er steit still u lost ihm ab, luegt a das Zwätschgeböimli ueche, chunnt verzueche u fat a, a der Ringe chnüüble. «Es tät mi so röie, we's sött abstah!» macht Änni. «He, d Ambeisse sy derhinger», git Hänseli der Bscheid, «u de isch es vil z töif gsetzt.» «So-so», verwungeret si Änni, es heig's de no guet mit ihm gmeint u gäng Härd zueche gmacht. Hm – so mach's öppe ds Wybervolch, vernüütiget ihm Hänseli sy Arbit, es syg guet e Schue z töif Härd druffe. U für d Ambeisse sött men ihm e Harzzügel umtue. «Vilicht miechisch es?» chüderlet Änni. «Hütt?» verwungeret si Hänseli. Was chunnt itz das fromme Änni a? Eh, nid öppe währed der Bredig, aber morn syg er däich ume wyt ame angere Ort uf der Stör. Das wär däich ke grossi Süng, we me's hurti uber e Mittag miech. Peter wurd ihm scho chly hälfe, er wüss de o grad, wo d Sach syg. Itz syg er no am Barte. Er söll chly warte, es heig uf der Stell Zmittag, u de chönne si nachhär derhinger. «Lue, dert uf em Stuel wär no ds geschterig Blettli!» «Söll das itz öppe heisse, er söll da ässe?» fahrt's Hänselin dür e Chopf. Un er muess si dra bsinne, win er vor acht Tage da gstangen ischt u doch nid isch z Gnade cho. U 's du aber ggangen ischt wi scho mängisch, dass er schi am Mändig aber sälber hätt chönne bim Gring näh. «I sött gah», drückt er vüre. «Eh, itz wart doch – u iss de mit is!» Itz isch es use! Oh, Änni het wohl gseh, wi's ihm ei Chuttezopfe vorache ziet; aber es gseht itz hütt äbe no chly meh, es gseht e Möntsch, wo wott ungergah, we men ihm nid d Hang git un ihm hilft. Un es ischt ihm itz gar nid, dass es si dermit tät verdräcke. «Eh wohl, wart», wängt es no einisch a, «Peter chunnt uf der Stell.»

Wi nes Jungs geit es gäge der Chuchi zue, won es gseht, dass si Hänseli sädlet uf em grüene Stuel. «Eh los», rüeft's zur Stüblistür y, «Loch-Hänseli wott mer de ds Zwätschgeböimli doktere. Er isst däich de grad mit is, oder?» Es ischt es Wunger gsy, dass si Peter nid ghoue het. Er ischt e gschyde Ma, er weiss, dass me nid darf ame Blüeschtli ume chafle, wo ersch grad ischt us der Hültsche gschloffe. «E, so mynetwäge», macht er u ziet ume ds Chini ueche, für no der Räschte Bart z erwütsche. Nid emal es Lächle erloubt er schi, wil Änni no unger der Tür steit u 's chönnt gseh im Spiegel.

Es het ke Kumedi ggä. Hänseli ischt ja ame Wärchtig scho mängisch bynne bim Tisch gsy, wen er het d Böim gratsemet. Dass es itz Sunndig ischt, git allem nume e bsungeri Wermi. U wil es Sunndig ischt, rückt Peter mit eme Tropf Rote uuf, u Änni uf alls ueche no mit Gaffee u Schlüüfchüechli. Das Zwätschgeböimli het sy Verbang ubercho u Hänseli e Stumpe, u zletscht het men ihm no danket, dass er eim heig der Gfalle ta. Wyt im Namittag usse ischt er gäge hei zue.

Peter u Änni hei nid vil Wort verlore derwäge. Peter het nume gseit, es heig ne längs Zyt nie meh so guet düecht wi hütt. Er heig si halt gwanet gha, dass e Kuppele syg am Tisch, seit Änni. Eh, si heigi ömel gnue gha. Un es gieng eim ja im glyche zue, we me für eis meh chocheti. Weder doch de nid, dass Hänseli grad bruuch es Rächt druus z mache, het es abbroche.

Won es der Uftröchni-Lumpe bim Brunne uswäscht, gseht es uf em Trääm hinger em Bänkli versteckt öppis Grüens glänze. Es reckt dernah u ziet es läärsch Schoppegütterli vüre. Das ischt am Morge nid da gsy, das ischt uberhoupt nid hie deheime. Es ziet der Zapfe uus u schmöckt dranne. «Huss!» Es het's scho däicht gha, es ischt Hänselis Schnapsgutter. Er wird ne hie ha versorget, won er ischt cho ässe. U het ne vergässe, won er ggange ischt. Mi het süscht gmeint, Änni heig graui Ouge. Itz hei si mysex ganz grüentschelig glitzeret. «Dir hei mer itz hütt der Meischter zeigt!» seit's halblut, un es het ganz e spitzi Nase ubercho derby. Es zweiet ihm si, ob es dä Gutter i tuusig Stücki wott verschla. Aber nei, mit däm wär es ja nid gmacht. Es steckt der Zapfe ume y u tuet ne a ds Ort. Aber Änni het ihm der Kampf agseit, mi gseht ihm's a.

Peter isch derwyle um ds Stöckli ume gstäcklet u trappet zletscht no i Garte yche. Won er Ännin ghört cho, rüeft er ihm: «Hesch gseh, Mueter, dyner Pfingschtrose blüeje!»

Chräje

Im Wald uber em Dorf syn e Näschtete jung Chräje usgfloge.
Es muess chly ne ungratsemi Bruet sy gsy. Mi het öppe jedes
Jahr gmerkt, wenn di junge Chräje usgfloge sy; aber so wi die
het me se nöie nie ghört tue. I allne wüeschte Misstöne hei si
brüelet, we si us em Wald ache uf di früschgmäjte Matte gstoche
sy, oder uverschamt hei ta i der Härdöpflere inne.

Was ächt das z bedüte heig, hei d Lüt gseit, u i jeder Hushaltig
het eis es Byspil gwüsst z brichte, was me mit de Chräje afe heig
erläbt, wi si dert u dert eim der Tod sygi cho asäge, wi si eim
sygi cho brüele, bis er uf se gschosse heig, u win er acht Tag
dernah syg e Lych gsy. Si chömi vorhär cho brüele, we es Huus
verbrönn oder we's es Ungfel gäb, oder äbe –. Mi schüücht se
ömel, di Chräje.

Bim Purehus, nid wyt vom Wald etwägg, isch di alti Grossmue-
ter verusse uf em Bänkli ghocket. Si het ame Chindsstrümpfli
glismet. Aber si muess derby gäng dene Chräje ablose u zueluege.
«E – e, itz chöme si wäger afe i d Hoschtert.» Si fahrt mit der
Hang uber d Stirne, wi we si da e Gedanke wett furtwüsche, wo
se plaaget. «E – e, di Chräje!» Dermit chunnt der Puur, ihre
Suhn, uber d Bsetzi vüre u tuet ömel o ne Blick gäge de Chräje,
wo itz d Fäcke lüpfe u mit tüüfelsüchtigem Lache u Brüele ume
gäg em Wald zue stüübe u dert ime Tannstuller gygampfe. «Das
ischt itz afe e ungfröiti Bande!» macht er. «Ach», seit d Mueter,
«es wird däich nid vo ungfähr sy, dass si grad da zu üsem Huus
so chöme cho tue, es wird wohl öppis z bedüte ha.» «Aber, Mue-
ter», lachet se der Jung uus, «du wirsch doch nid aberglöibisch
sy! Was wett me ächt itz uf di Chräje chönne gah?» «Ach», wehrt
d Mueter ab, «mi sött das nid ganz vernüütige. Es heisst doch
scho i der Bibel, es fall ke Sperling vom Dach ohni der Wille
vom Vatter im Himel obe. Warum sött er de nid chönne d Chräje
schicke, für d Lüt z mahne u ne e Wink z gä? Es wird mir sölle
gälte, i merke's scho!» «Eh aber, Mueter, was chunnt itz di a?»
Aber er lachet nimme. Er muess uf der Mueter verwärchete

Häng luege. Er het di bruune Fläcke, wo si dert druffe abzeichne, vorhär gar nie gachtet gha. D Lüt säge dene Totefläcke. Es chunnt ihm ganz e Chelti uber e Äcke y. Sött's am Änd doch es Zeiche sy, di Chräje? Wie alt ischt itze d Mueter? Vieresibezgi gsy u i der letschte Zyt chly us de Chleider gfalle. Es chlemmt ne ganz, un er bringt fasch kes Wort meh use. »Du muesch di doch nid mit settigem plaage!» macht er, u dernah muess er gah. Er cha doch d Mueter nid la merke, dass es ihm fat afa Angscht mache. Er fahrt ere nume mit der Hang uber d Achsle. U si nimmt di Hang u seit: «Ach, es wär ja Zyt für mi – i bi für nüt meh, i chönnt scho gah. Zürn mer ömel nüt, gäll!» «Was däichscht o, Mueter!» wörgt er vüre u geit. Es wird doch nid sy? Das cha doch nid wahr sy, dass das Müeti itze von ne muess! Aber het me nid scho im Schuelläsibuech vo Unglücksrabe gläse! U isch nid o no es jungs Öpfelböimli abgstange, u het me nid o no d Wiggle ghört am Waldsoum äne! U di Müüs, wo am Schärme stosse! ~~Steinkauz, Eule~~

Da nimmt me ei Tag um en angere u däicht nid, dass eine muess der letscht sy. U win er der Sach nachesinnet, da chunnt ihm eis Bild um ds anger, won er fascht het vergässe gha. Er gseht d Mueter, wi si no i der volle Chraft isch gsy, wi si gwärchet het vom Morge bis am Abe. Er gseht se no, wi si denn het uberbisse, wo der Vatter gstorben ischt. «Itz müesse mir luege!» het si gseit. Er isch denn no ne halbe Bueb gsy. Aber si het ds Heimet möge ebha, bis är isch nache gsy u het chönne zuefahre. Er cha eigetlich erscht itze ihri Arbit zgrächtem schetze, won er sälber drinne steit. D Mueter, die ischt itz im Stübli u luegt zue, wi di Junge ärne, wi dene d Rose blüeje am Gartezuun, wo si zueche gsetzt u veredlet het. Het me re eigetlich einisch zgrächtem danket für alls zäme? Tuet me re d Ehr a, wo si verdienet het? Eh gwüss, mi läbt im Fride zäme, d Mueter het ihri Sach u het ds Rächt da z sy. Da het no nie eis öppis angersch wölle. Aber vilicht sött me re doch mängisch no chly besser zum Gfalle läbe. Scho lang wär si gärn einisch zur Jüngschte, wo wytersch furt ghürate het. Alleini z gah het se si nimme trouet. Warum het es si eim no nie wölle schicke, für mit ere? Warum het me's gäng verusegstüdelet, bis es itz vilicht z spät ischt? U mängisch verliert me chly d Gedult, we si fragt u äis oder disersch wüsse möcht u de mängischt öppis Lätzes versteit u me's de no einischt erzelle muess. U mängisch däicht me doch, si syg en alti Frou u mög nimme nache mit der hüttige Zyt. Aber – wird me nid sälber o einischt alt u vilicht o übelghörig wi d Mueter! U wi mängs nimmt si eim gäng no ab – mi wurd's de erscht merke, we si nimme da ischt. Er chönnt si nid dry schicke, we si gah müesst, ohni dass er ihre no dä oder dise Gfalle hätt ta.

Wo der Jung isch ggange gsy, het d Grossmueter d Lismete abgleit un e Tropf us de Ouge gwüscht. Ja, da meint me, d Wält säg eim nüt meh, mi syg zwäg für z gah, un itz merkt si, wi hert dass es se doch no het. «Ja – ja, itz chöme d Chräje scho ume u stelle z oberscht im Bireboum ab, z neechscht bim Huus zueche.» Si möcht ne fascht säge, si heig se verstange, aber si sölli itze gah. Der Gottswille sölle si ufhöre mit ihrem Wüeschtmache. Es wott scho öppis heisse: zwäg sy für z gah! Das wott heisse, dass me Fride gmacht heig mit allem, dass me nüt ungerla heig, wo me hätt sölle mache. Un ungereinisch gwahret si allergattig, wo re d Rue störe chönnt. Itz grad mit der junge Frou. Si zangget nid mit ere, nei, das doch nid; aber es het se halt mängisch doch chly gergeret, dass die d Sach nimme ganz glych macht, wi si's früecher het gmacht, u het ere's de öppe z merke ggä. U si luegt doch o u wärchet u ischt e Gueti, di Jungi. Nume z fascht, si ubertuet ere. Si wott ere itz doch de no chly zuespräche, si söll chly sörger ha zue re, u wott ere doch no säge, si syg zfride mit ere. U mit de Ching wott si itz de o no chly meh Gedult ha u se nid us em Stübli use schicke, we si treisse u ulydig sy; denn hilft's ja der Junge am meischte, we si se goumet u vertöörlet.

O der alte Marei, wo so mängs Jahr bynne dienet het, wott si doch o no es Zeicheli tue. We nume der Liebgott no chly wartet! Er meint's richtig guet mit ere, dass er d Chräje schickt, für sche afe z wecke.

Am Abe, wo alls ischt still gsy u im Bett, nimmt di jungi Frou d Hang vo ihrem Ma, leit der Chopf druuf u fat a briegge. Was äs um ds Himmelswille itze heig, erchlüpft dä, ob's ihm nid wohl

23

syg, oder ob öppe scho –. «Nei», plääret's; «aber hesch d Chräje o gseh? Hesch ghört, wi si hei ta?» «D Chräje», macht er, u tuet derglyche, er wüss nid was si mein. «Sy si der öppe hinger di junge Hüendli?» «Ne-nei», seit si no einischt u muess lut schluchzge. «Du meinsch wäge der Mueter, gäll?» fragt er. Aber es schüttlet nume der Chopf. «Das isch doch es Zeiche für mi, das isch doch mi aggange, i wirde öppe dasmal ds Chindbett nid uberstah!» Eh, was seit itz das Bethli? Er erchlüpft, er cha nid säge wi hert. «Säg doch nid öppis so, du chönntescht di ja versündige! Nid emal däiche darfsch du das!» «Es isch mer drum mängischt so grüüseli schwär», chlagt d Frou, «es isch mer mängischt, i mög nimme wyter u heig ke Muet meh. Es isch mer di angere Mal nid so gsy.» Är het tröschtet, so guet dass er het chönne, es syg müeds, es heig chly z bös gha, es müess si itz de chly meh borge, de besseri das scho ume. Un es söll ihm verspräche, dass es si nid mit dene Chräje wöll plage. Das syg wäger nüt mit dene, das syg Abergloube, nüt angersch. D Frou het ändtlige chönne schlafe; aber ihn het ds Toggeli no lang drückt. Es geit ja scho uf Läben u Tod, we so es Möntschli uf d Wält chunnt. Mi het's nid gschribes, dass das gäng guet geit. – Aber nei, nei, das isch doch nid mügli, a das wott er gar nid däiche. Was sött er ömel de o afa! Hett es si ächt chly zweni borget? Het es si öppe a de schwäre Söimälchtere uberlüpft, oder het ihm d Hitz nid guet ta, won es e ganze Namittag i de Härdöpfel ghulfe het? Är hätt denn nid sölle ga hässele, ob niemmer usrücke wöll, si hätti ja süscht fertig möge. Es ischt en Uverstang gsy, er gseht's itze. Das söll ihm de nimme vorcho. A me Tier borget me – unzämezellt – un är het gmeint, es mög's hie alls erlyde. Er chönnt si sälber chläpfe; er het schwär der Ate zoge u der Chopf i ds Chüssi yche drückt. Aber der Liebgott wird scho verstange ha, was er meint u säge wett.

Der junge Frou sy mit der feischtere Nacht di feischtere Gedanke o nid all verfloge gsy. Mi cha doch nid a ds Stärbe gloube, we der Ma u d Ching eim no so nötig hei, we me Bärge vo Arbeit gseht. U we me no gar ke Schlussstrich zoge het. Ach, wi wär di Rächnig, wo tät blybe? Isch schi nüt schuldig blibe? Si weiss

24

scho, si het chly ne gäächi Art, un es ertrünnt ere hurti es hässigs Wort. Si meint's gwüss nid so bös; aber es het mängisch weh ta, dert, wo's troffe het, si weiss scho. U gäge d Schwigermueter isch schi chly z epfindtlig u ma chly zweni agnäh. U si isch doch am glyche Platz gstange, wo sii itze, si ischt o unger Schmärze Mueter worde, si het o müesse wärche u bösha. Nei, schwerer het si düre müesse weder sii itze; si chöi scho mängs ärne, wo d Mueter no het müesse Müej u Sorg ha derwäge. Un itz gang se d Sach eigetlich nüt meh a, het es se scho mängisch düecht, we d Mueter öppe no es Wort hätt wölle derzue säge. Si gspürt itz sälber, wi hert dass es ischt, we me si vo allem söll löse, wo me derfür gwärchet het u mit Lyb u Seel dranne ghanget ischt. U was möcht si dem Ma u de Chinge no sy! O sii leit im stille d Häng zäme.

Di junge Chräje hei ihrer Fäcke gäng wi besser glehrt bruuche, hei si gäng wyter vom Näscht dänne trouet. Ei Tag sy si uber ds Dorf ewägg gstroomeret u hei nachhär zmitts drinn uf der Linge abstellt. Dernah sy si ume mit Räägge u Brüele gäg em Wald zue gstobe, grad wi si d Lüt wetti erchlüpfe u für e Naar ha. Itz sy si hingäge o im Dorf zgrächtem erchlüpft. So öppis het me doch de no gar nie erläbt gha. Eh, was het itz das ömel o z bedüte? D Froue hei enangere uber e Gartezuun düre agredt, sogar settige, wo süscht enangere ds Muu fasch nid ggönnt hei. Mängi Hustür ischt am Abe besser bschlosse worde, Liecht u Füür besser versorget worde, u wäg eme Hueschte isch me scho zum Dokter. Aber mi het no grad gwüsst, wäm's ageit, wo der Schumeischter i aller Angscht inne isch zum Dokter gsprunge. Der Bueb heig d Lungenetzündtig! Eh, myn Troscht doch o, dä Peter, e settige wilde u usööde Nüsser. Muess itz dä – aba –. Un er wär doch sövli e intelligänte gsy; es ischt ihm so mängs z Sinn cho, wo angeri vo sym Alter gar nid wäri drufcho. Ja, ja, so vorgrückti Ching wachse äbe sälte uuf. Aber wen er itze sött gah, er sött doch de no es angersch, es liebersch Wort mit ihm näh weder das, wo men ihm het nachegrüeft, won er eim d Balle zmitts i d Begonia yche tribe het, es sött doch nid «Söibueb» heisse, das Wort. U d Dorffroue sy glüffe u hei gchramet, si hei di heisse Bäckli gstrychlet u hei gseit: «Bhüet di Gott, Peterli!» U mängi het nachhär plääret u gseit, win er so fromm heig usgseh, u mi heig ihm doch vilicht o no mängischt unrächt ta – gäng syg's de o nid ihn gsy, we öppis syg boosget worde. U anger sygi ja o i der Dorflinge obe gsy u heigi eim öppe der Stämpfel uszoge im Brunnetrog, we me Wösch heig drinne gha, u heigi früech Bire u Zwätschge gschnouset.

Im Chramlade isch du ei Tag no öppis Früsches verhandlet worde. Ob si gseh heigi, dass d Chräje itz scho meh weder einischt im Nussboum vor Sattlersch Huus heigi abgstellt? Das wärd Roselin nid grad bsungerbar gfröit ha. Potz tuusig nei, settigs chönn eire scho nid gfalle, we si Hochzytere syg. E e, was ächt däm Roseli warti? Mi heig doch gmeint gha, es mach's no guet; aber er wärd doch vilicht nid der gaaregischt sy, we d Chräje so chömi cho brüele vor ds Huus. Da chönn me si druuf achte, das syg nie es guets Zeiche. Das heig me gäng ungärn gha, we me syg verchündtet gsy. Aber es chönn eim doch de no duure, das Roseli, wen es scho gäng chly es gmeints syg gsy u ds Gringli höcher heig treit, weder dass ihm grad so wohlagstange syg. Nei, grad Bös's möcht men ihm doch de nüt gönne, es syg doch de dernäbe gäng es rächts Meitschi gsy. U eini na der angere vo de Dorffroue isch mit eme Hochzytschram zu Roselin, u mit vilne guete Wünsche hei si – grad wi di wyse Froue im Märli – der bös Spruch vo de Chräje wölle z nüüte mache. Roseli het si nid gnue chönne verwungere. Es heig's doch de süscht mängisch düecht, es syg nid so wohla bi de meischte Dorffroue, un es heig se o gäng chly für missgünschtig u stolz agluegt. Mi chönn si doch ömel o a de Lüte trumpiere! Aber es fröi's, es chönn nid säge wi hert, un itze syg es doch froh, dass es i der Neechi blyb u nid e Frönde heig gno. Es syg itz de no mängs schöner.

Itz sy di junge Chräje us em Flegelalter use u erwachse. Si tüe ömel manierliger, mi merkt nimme vil von ne. Wahrschynds hei si itz scho sälber e nöji Hushaltig agfange. Im Purehuus ischt sider es chlys Meiteli agstange, u d Grossmueter het d Strümpfli fertig glismet. Ja, si het scho für nes Röckli, mit eme alte, schöne Mödeli aglitscht. U di jungi Frou isch mit heitere Ouge us ihrem Wuchebett cho. Si heig ja di reinschti Hereläbtig gfüert, dasmal.

So chömm me de scho ume zur Chraft. Wohl,itz ma si ume hinger ihres Wärch u we's no vil grösser wär. U si het glachet: Är heig ömel o nötlig chönne tue, si heig grad müesse zwänge, für ume uuf.

Es seit niemmer nüt meh vo Stärbe, nid emal d Grossmueter. Si chönnt fasch nid dervo, düecht se, es settigs styfs Bohneli, wi si heigi. Aber es gäb z tüe, si chömm fasch nid zum Lisme. Si heig gar nid gwüsst gha, dass me se no so nötig heig, un uberhoupt, es syg uf der hienachige Wält wääger o no schön.

Schumeischtersch Peter turnet o scho ume i der Dorflinge ume u fäliert mit der Balle dür ds Dorf uus. «Häb ömel de Sorg, Peekli!» rüeft hie u dert eini zu re Hustür uus. «Mir wei de nid ume e settigi Angscht usgstah, Söibüebli, was de bischt!» Sattler-Roselin hei d Dorffroue di schönschte Meiestöck i d Chilche treit, won es het ghochzytet. Ke schwarze Chräjefäcke het ihm der Tag uberschattet. Ds Gunterääri. Sider dass d Chräje d Lüt hei erchlüpft, wott's eim fasch schyne, es syg heimeliger u fründtliger worde im Dorf.

Aber e Lych het me doch uf e Chilchhof gfüert. Im Ungerdorf isch en achzgjähregi Frou gstorbe. «Itz isch das no die aggange», hei d Lüt gseit. Eh, si heig ja nüt meh Schöns gha, es syg ere z gönne! Aber itz chönn me doch gseh, dass es nid angfährt syg mit dene Chräje, u dass me chönn druuf gah.

Chnöpfli

Si hei mängs Jahr rächt styff zäme ghüüselet gha, di zwe Brüeder. Für nes Rächt wäre si de nume no Halbbrüeder gsy; aber das het nume niemmer gmerkt. Nid dass si öppe us bsungersch fyner Materi wäri gsy, di zwee, oder bsungerbar guet gschuelet. Ke Spur. Mi het ne ehnder nahgredt, si sygi däich einisch dür d Müli glüffe u heigi chly Mähl a Ermel erwütscht. Dihr wüssit ja scho, was i meine. Aber öppis hei si zwägbrunge, wo mängisch di Vürnähmschte u di Gstudiertischte nid zwäg bringe: im Fride zäme läbe. Si hätti ke Notar bruucht, für ihres Wäseli i d Ornig z tue, wo d Mueter isch gstorbe gsy. Itz wird däich Gödeli müesse choche u ds Söili fuettere u zu de Hüenner luege un e Blätz uf d Hose schnurpfe, un albeneinisch d Löcher i de Strümpf zämezie, we's nötig ischt. Gödeli isch der Jünger gsy u der Bringer u het vo Ching uuf sy Sach gäng lieber am Schärme gwärchet. – Chrick isch de scho chly ne grob gschnätzete gsy u het lieber dusse gmacht. Er ischt im Winter de Pure ga hälfe holze u im Summer i Höiet u i d Ärn. Dernäbe het er schi der Sach nid vil agno.

Mit der Chocherei isch Gödeli richtig nid e Häx gsy. Wo wett er'sch ja o glehrt ha! Scho d Mueter isch ke Usbung gsy dert düre. U si sy nid vergwennt gsy u hei nid schmäderfrääsig ta. Gödeli hätt wääger mängisch nid chönne säge, was für ne Name dass di Sach het, won er uftischet, u ds Rezäpt derzue hätt me i kem Chochbuech funge. Aber we's nid unerchannt isch bräntet gsy oder versalze, was öppe het chönne vorcho, so hei si wytersch kener Wort druber verlore. We me nume gnue het gha.

Nume eis het Gödeli los gha us em äff-äff: ds Chnöpfli-mache. Dert düre het ihm de niemmer sölle cho. Das ischt scho der Mueter ihre Glanzpunkt gsy i der Chocherei, u we's het sölle gälte, so het si Chnöpfli gmacht. U si het de d Eier u der Chäs u der Anke nid nume dernäbe gstellt, allwäg nid. Vo ihre het's Gödeli glehrt, grad zgrächtem i d Lehr het ne d Mueter gno. Si het ja ihrne Buebe kener Rychtümmer chönne hingerla; aber we

Gödeli cha Chnöpfli mache, we si albeneinischt e settegi Guet-
sach hei, de syge si eigetlich gar nid hert z erbarme. Si het nid
lugg gla, bis er'sch het im Chopf u im Griff gha, das Chnöpfli-
mache. Gödeli het jedesmal däicht, wen er derhinger ischt, we
Müeti itz nume no chönnt luege, win ihm das us de Finger geit!
Er bruuchti bal ke Herechöchi z schüüche, dert düre.
  Ja, das isch albe schon es Herenässe gsy, na der eitönige Härd-
öpfel- u Suppechoscht. Diräkt es Mahl syg's, nid nume es Ässe,
het albe Gödeli bhouptet, u Chrick, wo chly ne Chnuppesaager
isch gsy u nid hurti grüemt het, het si doch mängisch nimme
möge uberha u het gseit: «Ärdeguet, eso Chnöpfli, besser weder
Schnäpfedräck.» Jä, mit Chricke isch es nid gäng guet gsy
z gschire. Ohni dass ihm e einzige Möntsch öppis het widerdienet,
ischt er wunderlige worde wi ne Weisnidwas. De ischt er im Hüsli
umegschosse, wi nes Wäschpi ime Gutter inn, het Türe zue-
gschlage, ds Ässe vertublet u kes rächts Wort gseit. Im höchschte
Fal öppe «Nei» u «Ja» gschnaulet, we ne Gödeli öppis het gfragt.
Früecher het d Mueter albe no Tee agrichtet u gmeint, es fähl
ihm öppis, aber si hätt ihm ne albe fasch mit em Steifass söllen
yschütte, so het er schi gwehrt. Gödeli ischt afe witziger gsy u
het ihm nimme Trauch gmacht, er het ne la choldere, ischt ihm
so vil als mügli gflo, het sälber o nid gredt, wil Chricke das
Glafer, win er gseit het, no vil meh ertöibt het. Gödeli het ke
Wätteruhr gmanglet – we Chricke der Schnouz füürrot zündtet
het, un er mit allne föif Finger der Haarbalg etrichtet het, de
ischt e Wätterumschlag sicher gsy. De sy für nes paar Tag Stier
u Storpion Hüsliregänt gsy. Aber Gödeli het's du afe glasse gno
– we's scho öppe donneret u polet het, so isch es glych jedesmal
no gnädig verby ggange u het nid ygschlage. Nume we di Stör
z lang duuret het, de ischt ihm doch nimme wohl gsy, un eso
uber e Sunndig düre hätt's doch de nid sölle gah. Er isch gäng
grüüsli e freine gsy u het uf e Fride gluegt. So müess er däich
ume einischt sys Mitteli probiere, das wärd de Chricke scho ume
i d Fasson bringe. Nume isch es gäng chly ne tüüri Sach, mi reichti
fasch ringer öppis i der Apiteegg. – Er müess däich Chnöpfli
mache. – Jä, Gspass apartig, wen e Blattete Chnöpfli vor Chricke

ischt uf em Tisch gstange, guldgälb u grümschelig bräglet, mit Chäs drinn, dass me läng, läng Fäde het chönne zie, de isch d Sunne hinger de Wulche vüre cho, so hert dass er vorhär het gsurniblet gha. No nid einisch het er de Chnöpfli chönne widerstah. U nachhär isch es e Rung ume ganz guet ggange. Ja, es ischt sogar vorcho, dass er Gödelin albe no grüemt het, itz chönn er'sch de bal wi Müeti, es hätt eigetlich sölle es Wybervolch gä us ihm. Gödeli het dä Ruem gno win er isch gsy, het uf sy stilli Manier glächlet u si gfröit, dass si ume hei Fride gha.

Bis äbe du der sälb Summer, wo Chrick i ds Thurgou use i d Ärn ischt. Es het Gödelin scho vorhär nid rächt wölle gfalle. Die chenni de Chricks Trapp nid dert usse, u de rede si ja ganz angersch u heigi gloub o ganz en angeri Choscht. Er wüss de bim Hagelischiess nid, wi's das de Chricke chönn. Aber we me Chricke öppis het abgwehrt, isch es gäng grad gsy, wi me tät hetze. Derzue het er der gross Lohn im Chopf gha, u so het ömel müesse ggange sy, we Gödeli scho gar nid isch derfür gsy. Er het gwüss no allergattig probiert gha; er het am Sunndig no Chnöpfli gmacht u gseit, das chenni si de im Thurgou usse däich nid, er ischt sogar mit eme Spruch uf Chricke z dorf, won er no vo der Schuel nache gwüsst het: «Bleibe im Lande, und nähre dich redlich!» Aber wi gseit, es het nüt abtreit. Es isch Gödelin fasch vorcho wi albe, we ds Stubezyt isch blybe stah, wo Chrick isch furt gsy. Es het ne gäng düecht, er müess ne ame Ort ghöre. Mit em Choche het er schi di Zyt düre nid hert versündiget; es wär si doch gar nid derwärt, het's ne düecht. Derfür wäng er de a, we Chrick hei chömm, denn müessi de Chnöpfli gmacht sy. U de nid nume Tanggle, da nähm er de no es Ei meh weder süscht u reck de no chly töifer i ds Schmutzhäfeli ache. Chrick müess de gspüre, dass er wärt chömm deheime u dass es da gäng no am beschte syg – we me scho nid Moscht u Züüg heig.

O dä guet Gödeli! Er het scho vo wytems gseh, dass Strubwätterzeiche ume sy, won er Chricke het gseh em Hüsli naache. Süscht hätt er nid di schöne Klaröpfel dänne gstüpft, wo vor ihm sy im Wägli gläge u ne fei so hei aglachet, un er hätt nid der grau Moudi, won er süscht es settigs Wäse het mit ihm, uf die unerchannti Manier dänne ghässelet, won er ihm het wölle um d Füess stryche u an ihn ueche gumpe. Potz Stäckebärg, was ischt ächt däm aber uber d Läbere graagget, chunnt itz dä derewäg vom Thurgou hei! Es isch Gödelin doch schwär worde.

Di Wätterzeiche hei hundertprozäntig gstimmt gha, Chrick het nid emal gwüsst, ob er ds Muu wott uftue, für grüess di z säge. Un er het allwäg i dene dreine Wuche vergässe gha, dass er schi chly muess i d Chnöi la oder der Chopf vorache ha, wen er zur Chuchistür y wott. Gstrackte u ohni si z achte, wott er yche u schlat richtig ganz vatterländisch der Plouel a am nidere Türgreis. Itz wohl, itz ischt ihm d Ystützi aggange u het z glanzem brunne. I wett ömel das Wort nid nache säge, won er gseit het. Gödeli u ds Hüsli hei wääger allwäg nie sövel es wüeschts ghört gha. Er wett, er wär gar nimme ume cho, het Chrick brüelet, we me si nid emal i der Ornig strecke chönn i däm nidere Sou-Tääschi-Hüttli inne. Dummerwys fragt du Gödeli no, ob er nid chly öppis Zimis wöll, un ob er ihm nid chly mit Chatzeschmutz söll salbe a der Stirne. Er syg e Sturm, un er söll nume das Züüg sälber frässe, oder dem Söuli gä. E e, itz weiss ihm doch Gödeli ke Rat meh, mi muess ja Chricke bal förchte, er tuet ja wi ne löötige – u glychet ihm no bal, mit sym Horn am Plouel. Es syg däich gschyder, er schwyg u gang dänne, er wärd däich aber einisch müesse Chnöpfli mache. Es schick si de morn grad guet, es syg ja Sunndig, bis denn müess me däich Chricke i Gottsname la choldere.

Gödeli het no sälte so agwängt wi der sälb Sunndigvormittag, won er der Chnöpfliteig het zwäggmacht. Afe het er e Chellete wysses Mähl meh gno weder süscht, het es Ei meh us em Chrättli gno, het gchlopfet u grüert wi ds polisch, dass der Teig het Blatere ubercho. Wo ds Wasser i der Pfanne gchochet het, nimmt er der alt, rund Löffel, wo d Mueter einischt äxtra für das gchouft het, sticht eis Schübeli Teig nach em anger ab dermit u lat's i ds Wasser la zybe. Glänzig u gmodlet, win er'sch gärn het gseh, sy si nach eme Rüngli obedruff gschwumme. Mit der Schuumchelle het er sche use gfischet un uf ds hölzig Chrutbrätt zum Erchalte ta. Grad uf das Erchalte het d Mueter bsungerbar gluegt, si wärdi de nid tangglegi. Er wett si dörfe verschweere, das wüsse si im Thurgou usse nid. Dä Brüedsch heig doch dert usse nie settegi Chnöpfli gha, dä wärd aber ychelige wi Burkhalter i d Chingelehr. Eh nu, es söll ihm vergässe sy, was er geschter het gseit, di längi Reis wird ne öppe ha nache gno u de äbe di Choscht i däm Thurgou usse. Die ischt ihm vilicht fascht uf ds Gmüet cho. Guetmeinig het er glächlet, wo der anger i d Chuchi yche chunnt, «Lue Chrischte, i mache Chnöpfli!»

Er het nid erwartet gha, dass der anger hurti fang afa rede; aber das, wo itz isch cho, ischt ihm gsy wi ne Chlapf uf ds Muu. «Chnöpfli, Chnöpfli», schnellt Chrick, «das sy doch nid Chnöpfli! Dene seit me im Thurgou usse Spätzli. Jawole – Spätzli!» Aber dene heig är doch no nie angersch ghöre säge, wehrt si Gödeli. Allwäg lat är syner Chnöpfli uslougne! «Pää», rääfet ne der anger ab, «was wett doch e settige wüsse, eine, wo no nie isch furt gsy, nid emal einisch im Thurgou usse! Un uberhoupt», fahrt er dry, mach me se de o gar nid so, die mach me ganz angersch, das heig er itz gseh im Thurgou usse. «Was?» Meh cha Gödeli nid säge. «D Chnöpfli nid so mache, wi se Müeti gmacht het?» Itz düechti's ne bal nimme strängs, we ds Wasser im Grebli äne scho obsi lüff. Er wöll ihm itz zeige, wi me das mach, sturmeret Chrick scho ume, jawole, er söll itz nume luege! Dermit schrysst er Gödelin scho d Teigchachle unger de Fingere dänn.

Un itz hätt Chrick wölle Spätzli mache, win er sche das lächerlige Chöcheli im Thurgou usse het gseh mache, won er einisch i der Chuchi inn het Znüüni ggässe. Es het der Teig uf enes Brätt gno u ne mit em Mässer i ds Wasser gschabt. Das isch ggange wi ghäxet. Aber Zueluege u Sälbermache isch nid ganz ds Glyche, das het Chrick zweni uberdächt. Itz het er'sch müessen erfahre. Syner schwäre Häng hei nid so wölle, win er gmeint het, der Teig ischt am Mässer ghanget u ischt ihm zringetum uber ds Brätt uus glüffe. I der Pfanne isch es afa uberchoche – es het Gödelin ganz ds Haar z Bärg gstellt. O Chricke sälber het di Sach nimme rächt gfalle; er fat a schwadle u fisle u weiss nid wo wehre – u ebhanget mit em Hemmlisermel u schrysst d Teigchachle a Bode ache.

32

Bis dahi het si Gödeli no möge uberha. Aber itz hingäge isch Murten uber. «Der Mueter Teigchachle!» brüelet er. «Itz ischt si z Bitze.» Dermit reckt er z Bode, het es Stücki uuf u wirft's Chricke mitsamt em Teig, wo dranne hanget, vor a ds Zyferblatt. «So friss itz Spätzli!» Dermit nimmt er schon e Satz zur Tür uus. Es isch wääger gschyder gsy, er syg ggange, es hätt süscht no strüber chönne gah. Chrick isch zwar o nimme breite gsy, er het d Chnöpflipfanne samt allem i d Söimälchtere usgläärt un isch dervo. Blas ihm doch das ganze Züüg! Es syg nume dschuld, dass ihm Gödu heig zueglueget, dä heig ne druus brunge. Uberhoupt am gschydschte wär, er gieng furt, es erleid ihm deheim, er chönnt göögge drab. Am liebschte gieng er eigetlich ume gäg em Thurgou zue. Aber das Chöcheli het ja nume glachet, won er ihm het z merke ggä, er hätt o ne Chöchi nötig. Das het ne verruckte gmacht, verrückter weder verruckt. Jawole. Gödeli ischt a Waldsoum ueche ga hocke. Ja, mi darf's scho säge, ga plääre ischt er. Itz syg's uus u fertig, itz chömm's nie meh guet. Itz chönne si nimme zäme gutschiere, we nid emal meh d Chnöpfli Chricke doktere chönni – wen ihm d Chnöpfli zweni sygi, we das Spätzli müessi sy, wen er eim alls vernüütegi u ache mach. Ändtlige het er uuf u geit gäg em Hüsli zue. Er merkt nüt vo Chricke, er ligt allwäg im Gade obe. Fasch wär ihm ds Gränne ume cho, won er di Zueversicht i der Chuchi inne gseh het. «Müetis Teigchachle, we die no ganzi wär, de chönnt's vilicht no guet cho; aber eso cha's doch nid, so cha's doch gar nid!» Er luegt d Stücki no zäme z passe. Das bruuchti de ne Gschickte, für die ume z hefte. Aber er het se doch no gwäsche u jedes Bitzli zämegläse; er cha se eifach nid furtwärfe, es düecht ne, süscht gieng der guet Stärne u ds Andänke a Müetin grad z volem zum Hüsli uus.

D Wuche druuf isch es nid grad churzwylig gsy um di zwe Kresse ume. «Mouchli-Wätter», hätt der Bricht druber gheisse. Es het nimme donneret u blitzget; aber d Sunne het nid düre möge. Är fang halt itz dä Rung nid a u mach Fride, het Gödeli töibbelet, Chrick syg dschuld, es syg itz a däm, we's ihm drum syg, dass me ume zäme red. Eso laj är schi allwäg nid z schange mache vo däm. U de Müetis Chachle! Das chan er nid vergässe.

Aber Chrick het ke Wank ta. Allwäg red är zerscht, allwäg säg är öppis zu däm Gödu, we's dä eim sövel himeltruurig mach! Da chöm me hei u fröi schi für deheime z sy, u dernah stell er grad das Chnöpfligstürm a, nume für ihn z ergere – luter nume für ihn toube z mache. Wen er nid grad mit der Sach wär cho, wär doch di ganzi Zanggerei ungerwäge blibe, u Müetis Chachle wär no ganzi. Jää, es het ne vilicht scho chly gheglet, dass die itz het der Päärsch la gah u usdienet het. Ja – u vo Müetis Chachle, wo me gäng so vil heig druffe gha, wärf dä eim de no Stücki a Gring. Es hätt nid vil gfählt, Chrick hätt us luter Erbarme mit ihm sälber afa schnudere u gränne.

Aber es cha mängisch kurlig gah. Mängs Jahr isch ke Chachelihefter zum Huus cho, un itz chunnt der dick Kobi scho di sälbi Wuche. Gödeli het no es Blickli gwärweiset, dernah het er d Stücki vüre ggä. Es syg äbe no es Andänke a d Mueter, süscht wär es si ja nimme derwärt. Kobi sälber het der Chopf ghudlet. Aber dernah ischt er derhinger. Garantie gäb er de nid. Dryzäche Häft het's bruucht, bis si ume zämeghanget ischt. Gödeli het dranne gwaggelet, wi me's öppe macht, ob me zalt. Muurfescht, düecht's ne, die hätt's bim Tiller allwäg ume, für ne Chnöpfliteig drinn z chlopfe.

U dernah het's ne uberno, er het müesse Chnöpfli mache. Gwüss fasch nume Eier het er gno für ds Dünne. We die de ds Wätter nid möge gscheide, de isch de d Chappe lätz!

Wo Chrick yche chunnt, het er sche grad agrichtet. Dä tuet derglyche er gsej nüt u schmöck nüt, u Gödeli het no nid gwüsst, ob's ga Worb oder i ds Boll geit, won er d Blatte uf e Tisch stellt. Är het afa ässe; aber Chrick het no ds Blettli gläse – aber ungereinisch leit er'sch ab, d Nasefäcke hein ihm afa zwickle, un es gnots wär ihm e Söiferlig ertrunne. Un itz nimmt er der Wärchzüüg vüre u reckt i d Chnöpfli. Wär'sch öppe afe einisch het erläbt, wi nes Fieberchranknigs het uberbisse u der Dokterzüüg nid het wölle, won ihm ds Fieber bräche cha u ds Läbe rette, u 's ne ändtlige doch de ache schlückt, dä cha si ungfähr vorstelle, wi's Gödelin itze worde ischt. Itz cha me ja Chricke o no chly etgägecho. «He – eigetlich», brösmet er vüre, «eigetlich chönnt me's ja allwäg der anger Wäg o mache, so wi si's im Thurgou usse mache, we me gschickte gnue wär u si gwanet hätt derzue. Allwäg chäm's na der Machetschaft o guet.» Chrick het no nüt druuf gseit, er het nume afe ghueschtet, für der Hals z ruesse, un er luegt ömel afe chly minger suur dry. Gödeli loufet ömel no einisch t a: Eigetlich, we me's guet betrachti, heigi d Chnöpfli de no bal öppis Ähnlichs wi ne Spatz. Itz grad das, won er da a der Gable heig, glych mytüüri schier ame Vögeli, wo uf em Näscht grupi.

Itz het Chricke doch der Schnouz afa waggele, un er het si müesse uberha, dass er nid grad grediuse glachet het; mi gseht ihm's ganz guet a. «Was bisch du für ne Sturm, Gödu!» hässelet er. Aber Gödeli het dert düre guets Musigghör gha. Wowohl, es chunnt ume Glanz nache na däm gfährlige Wätter, wo mit Blitz u Hagel dröit het. Itz chöi si de ume zäme gschire, der Fride ischt ume zämegheftet.

Der Läbchueche

Schattsyte-Tani ischt es wärchigs, husligs Manndli gsy, wo's mit
Bösha zu öppis brunge het. Mi hätt ihm nid dörfe vürha, er syg
e wüeschte mit syne Lüte u gönn ne d Sach nid. Si hei gäng alli
z wärche gnue u z ässe gnue gha, wi me so seit. Nume Züüg, wo
nüt het abtreit, das het er nid möge verputze, das ischt ihm gäge
alli Natur ggange. Das het sy Frou no grad einisch müesse erfahre,
wo si als jungs u heitersch Froueli vo der Sunnsyte dänn zu Tanin
ischt a d Schattsyte züglet. Si het Meieschössli vo deheime mitgno
gha u het si druuf gfröit, für Tanis Schattsytehüsli so rächt use
z putze u z verkremänze, dass es o chly di fründtliger Gattig
mach. Aber Tani het das sym junge Froueli ganz vernüütiget. Es
söll doch nid Müej ha, es heig süscht z tüe, es syg gschyder, es
mach die Zyt öppis angersch – u de wärdi d Pfäischtersinzle wurm-
stichig vo der ewige Bschütterei. Nei, uf settigem hätt er ihm de
nid vil, das wöll er ihm de grad vor un eh säge. Es syg nid in es
Herehuus yche cho. Das freine Froueli het Tanin wölle z lieb läbe
u i d Ouge diene u het gfolget u d Schössli la verdoore. U so isch
es nachhär gäng gsy – unnütze Züüg, öppis wo na Tanis Derfürha
nüt het abtreit, das ischt i der Schattsyte hingerab cho. Was itz
ihns achömm, het er chönne frage, wen es das junge Froueli
einisch nach eme Reisli gluschtet het. Es hätt gwüss nid wyt
begährt, nume einischt e See luege hätt es möge oder süscht
öppis Schöns. Aber Tani het gseit, deheime syg me doch gäng
wytuus am baaschte. Er syg einisch ga Bärn yche gsy, un er chönn
ihm nid säge, win ihm das dert inne syg erleidet. Un er hätt fasch
e nöji Sägesse chönne choufe vo däm Gält, won ihm der sälb
Tag unger ds Ysch syg. Nei, uf em Furtgah un uf däm Reise heig
er gar nüt. U derzue müess me ja ds Dach la unger-aschuenne.
   Wo eis Ching nach em angere cho ischt, da het ds Müeti syner
eigete Wünsch eine nam angere uf d Syte gleit. Es het si nume
müesse wehre, dass nid o de Chinge jedes Fröidestärndli ischt
erstickt worde. Jä, Tani het no grad einisch gmerkt, dass me de
Junge muess d Hoffert u der Gluscht na unnütze Sache ustrybe,

wosch däich ga ds Wienechtchingli bstelle, Tani?» U lächlet derzu chly kurlig u macht vürnähmi Naselöcher. Ho, dere wird er däich nid müesse säge, was er wöll ga mache. «Ja, wahrschynds», lachet er sche uus, das syg für chindtlig Lüt oder für settig, wo nid wüssi, wi si ds Gält wölli verggänggele. Er wärd sym süscht los. «Jaba», seit d Schmidi, «du wirsch doch gwüss dyr Frou öppis chrame! Ubermorn isch ja Wienecht!» Das heig er däich sälber o gseh i der Brattig, macht Tani. U wäg em Chrame – er wüsst doch nid, was er dere chrame sött, die heig z ässe gnue, u Chleider wärd si wohl o ha. Das syg nume dumme Züüg. Aber d Schmidi isch nid Sinns, ne hurti us der Hüpli z la, si chennt drum Tanin besser, weder dass er meint. «Eh wohl», seit si, «chram ihm doch öppis, u we's o nume e Läbchueche wär!» Itz muess si Tani doch afe wehre, es macht ja bal Gattig, es syg ere ärscht. «E Läbchueche? Öppis Dumms – für was wär ächt itz afe das?»

D Schmidi wartet es Momäntli, bis si öppis druuf seit, u dernah macht si: «Wo-wohl, Tani, es wär vilicht für öppis!» Dermit schlängget si der Bäse ab u geit zur Hustür y, ohni Tanin no ne Blick z gä. Hm, was söll itz das sy? Mi chönnt ja am Ton a meine, si wett mit eim Chingelehr ha. Un e Myne het si gmacht derzue, wi der Pfarer uf der Chanzle. Er ischt ömel em Schmid nüt schuldig, so vil dass er weiss. Er söll der Frou öppis chrame! Geit das die öppis a, di Schmidi! U het Syni öppis z chlage? Het die afe einisch Mangel glitte? Mi het öppe Sorg gha zum Gält u 's nid z Unnutz verta, er wär allwäg nid wyt cho, wen er ds Gält verggänggelet hätt; er hätt allwäg de nid abzalt u no es Schübeli uf der Kasse, er hätt allwäg de nid chönne la a ds Hüsli setze u nöi la decke. So het er vor schi anne gfuteret u gfürsprächeret, grad win er schi gäge öppere wehre müesst, won ihm so rächt d Levite ache gläse het. Un es isch doch nume das Wörtli gsy vo der Schmidi, won er so het i Ate zoge u wo ne itze guslet u sticht: Wo-wohl, Tani, es wär vilicht für öppis! Es nähm ne nume wunger, für was. «Das ischt es Wybergstürm, settigs.»

Bim Beck inne het Tani müesse warte. Der Lade isch voll Lüt gsy, un es isch der Reie nah ggange. He nu, das wird öppe nüt choschte, di Sach da inne chly neecher z gschoue. A der Wang hei si Chriseschtli ufgmacht u roti Cherzli dry gsteckt, glesig Yschzäpfe sy dranne ghanget u Fäde wi guldige Flachs druber zoge. Es chömm de Lüte afe mängergattig i Sinn, düecht's Tanin, un e Luxus wärd afe tribe, dass es ke Gattig meh heig. Un itz gseht er uf eme Brätt Läbchueche. E ganzi Zylete, gross wi nes halbs Ofetööri u eine hoffärtiger weder der anger. Är hätt eigetlich wölle näbenume luege, är däicht doch nid dra – nei, nid im gringschte däicht er dra – aber da gwahret er, dass Näme druffe sy; us luter Gwunger fat er afa läse u buchstabiere. «Hans, Anna, Liseli, Peter, Marie.» – «Marie» – dä Name isch ihm fei so aggumpet. E – Syni heissti ja no Marie! Er het's bal vergässe gha. Jaja, richtig, Marie! Deheime hei si re Meieli gseit. Un är sälber het dä Name o bruucht, won er no als lidig i d Sunnsyte ueche ischt, u vilicht o no dernah, won es ischt i ds Schattsytli züglet. Das ischt ja itz scho ordli lang, u si hei erwachsni Purscht. Aber denn isch es no es luschtigs Meieli gsy, wo het chönne lache u singe wi ne Lerch. Es het si de scho veränderet, es lachet sälte meh. He, er het ihm ja öppe meh weder einisch gseit, es schick si nüt, so chindtlig u ganggelochtig z tue, wen es wäg öppis Dummem e Schütti glachet het. U ds Singe, het ne düecht, syg o nimme für ghüratet Lüt. Es wird's däich öppe chly ha i Ate zoge, es isch halt i teilne Sache chly epfindtlig.

Tani het si es Rüngli fascht chly vergässe u ischt itz bal erchlüpft, wo ne d Becki fragt: «U du, Tani, was söttisch du ha?» Un itz seit dä Tani, wo für zwänzg Rappe het sölle Presshebi choufe: «E Läbchueche.» Er het's nimme chönne zruggnäh, won er zum Verstang cho ischt. D Becki het ihm halt scho yghäicht gha. «Gärn», macht si, «soso, das ischt schön», u fat scho afa vortrable u arüemme. Si sygi ne aparti guet usecho das Mal u sygi fascht wi vor em Chrieg. Vo welne dass er ächt wöll, die mit em Bär sygi es Fränkli u die mit de Näme u de Edelwyss angerhalbs. Er het nume mit em Chini dütet: «Dä da», u scho nimmt d Becki es gstärndlets Papyr vüre u lyret ihm der Marie-Läbchuechen y. Es wärd es Wienechtschrämli sy, het si fründtlig glächlet, wo si zletscht no es guldigs Schnüerli drum bingt un es Lätschli zwägkünschtlet. U we si nid no gfragt hätt, ob er süscht no öppis nötig heig, hätt er janerggott no d Presshebi vergässe, so us em Züüg use ischt er gsy.

Won er zum Laden uus ischt, het's ne düecht, das syg fasch nid ihn sälber. Was geit itz är da Dumms ga mache? Was ischt itz ihn für nes Güegi acho? Däwäg ga z gänggele! Es Fränkli füfzg däwäg unbsinnt ga usegheie, angerhalbs Fränkli so mir-nüt dir-nüt uf e Lade z wärfe! U was söll er itz de mit sym chindtlige Päckli i der Hang? Er cha doch nid däwäg näb der Schmidte düre, süscht chönnt si am Änd no meine –. Er luegt dä Läbchueche i d Chuttebuese z fünke u drückt der Arm zueche, er isch zgrächtem übel dermit. U was seit ächt itz de sii zu däm Chram? «Meieli», verbesseret er schi. Es sött itz grad no Meieli heisse uf em Läbchueche! Es isch de richtig gäng e schöne Name gsy. Öppis kurlig Warms ischt ihm uber ds Härz glüffe, won er das Wort no einisch chüschtiget. Es chönnt ja scho sy, dass es dä Name o no gärn einisch ume tät ghöre. Het es öppe no wäge däm gäng chly Längizyti na der Sunnsyte? Jaba – ömel süscht hätt es nid Ursach, u das hätt's nid. Er wott ja nid grad säge, dass er'sch heig ubertribe mit Nötligtue u Süessholzraschple; aber we me ghüratet het u luege muess u nüt het chönne erbe u weeneli oder nüt erwybe, cha me allwäg nid nume der Pajass mache. Er hätt ja eigetlich chönne frage, ob er ihm öppis Dokterschzüüg söll bringe, vilicht löst's ihm nid rächt uf der Bruscht. Richtig, er het scho meh weder einisch gseh, dass es verhet u gnue schnupet, wen es chly öppis Rüüchersch söll hälfe mache. Es wird ihm doch de nid öppe no zgrächtem chrank wärde! Tani het's süscht öppe nid ubertribe mit Studiere u Nachedäiche; aber itz isch es uber ihn cho, er het sälber nid gwüsst wie. Eis vo de Purschte ischt a re Wienecht agstange; warum isch ihm ächt denn nid z Sinn cho, e Läbchueche z chrame! Es hätt si besser gmacht weder itze, wo me grau isch näb de Ohre yche u eigetlich kes Fürwort het zu settigem.

Tani isch dä Wäg, won er itze geit, scho mängs dotzemal ggange gsy. Er het si nöie nie hert gachtet uf di Stüdeli u Grotzli am Grabeport. Es isch ja dem Nachber sys Land u geit ne nüt a. Aber itz düecht ne, er gsej das alls zäme zerschtmal. Sy de süscht o settig Yschzäpfe uber ds Flüebang ab ghanget, wo uf der änere Syte ds Grebli yzuunet? Das wäri de no di brevere u di usgfygüürtere, weder dass der Beck i sym Lädeli inne het. Ungereinisch muess er blybe stah – lueg itz da di Grotzli, uber un uber voll Biecht! E späte Sunnestrahl trifft se. Es chunnt Tanin vor, es syg e glitzerige Finger, wo dergäge zeig, dass me nid angersch cha weder luege. Was isch das für ne unerhörti Hoffert! Es mahnet ne fascht a Meielis Göllerhäft, won es am Hochzyt het anne gha. Denn het o d Sunne druuf gschinne. E nei, was chunnt itz ihm für kurlige Züüg i Sinn? – Aber er chunnt nid los. «Für was» – muess er däiche – «für was ischt settegi Hoffert a settigne armsälige Grotzli? Das treit nüt ab u vergeit, we d Sunne warmi schynt oder es Rägeli chunnt. Aber das ischt üsem Herrget sy Sach, un er wird wüsse, warum dass er'sch macht. Mi sött ja däich da dranne nid ga paggle mit em Möntscheverstang. Macht er'sch öppe destwäge, wil ihm jedes Kreatürli uf der Wält wärt ischt? U wil er ne d Liebi uf ene Wäg wott erzeige! Oder sött's am Änd no e Bredig sy für d Lüt – dass es nid gnue syg, we me z wärche u z ässe heig, dass no chly vo däm Glanz derzue ghör, wo itz di Stüdeli u Grotzli zu re wahre Pracht macht! Jä, de ischt er däich de mit Schattsyte-Tanin o nid gäng zfride gsy!» Wi ne Chlupf isch das uber ihn cho – un er het doch gmeint, es gäb nid gschwing eine, wo so zur Sach lueg wi är. Hätt er ächt doch Meielin chly Meiezüüg sölle i d Schattsyte la zügle? Hätt er ächt minger uf der Kasse, wen er hie und da – abba – er het si vo jung uuf vorgno gha, er wöll de einisch nid als ganz arms Manndli stärbe –. Jetz düecht's ne, er syg doch chly ne arme Schlufi – er weiss sälber nid warum.

Won er dem Hüsli gnaachet het, ischt ihm sy Läbchueche grad ghörig uchummlige worde. Wi söll er'sch itz de vürnäh? Söll er ne mit dem Salzseckli u der angere Ruschtig uf e Chuchitisch tue u nüt derglyche tue? Es meinti am Änd no, der Wienechtsmutti hätt's brunge, das dumme Sunnsyte-Meieli, wo albe de Purschte Lugigschichtli het verzellt, bis er het z Bode gstellt mit ihm. Es söll doch d Purscht nid däwäg lehre lüge, es gäb ke Gugger, wo chömm cho Eier lege i ds Huus yche, un es gäb doch

kes Wienechtschingli u ke Mutti, das syg alls zäme nume e Gält-
macherei. Aber itze, e – es cha eim kurlig gah – itz muess er
sälber fasch luege, ob nid öppis so derhär chömm.

Tani isch nid mit em Läbchueche i d Chuchi yche. Er isch
hinger em Hüsli dür u gäg em Gade zue. Er het Sorg gha, dass
er nid z fascht troglet het uber d Stäge uuf. Dert het er en eewegi
Lengi gchniepet, bis er sy Chram i der Ornig het versteckt gha.
Ob allem het er müesse däiche: «We itze das d Schmidi gsäch!»

Oh – d Frou het ne wohl ghört. Was söll itz ächt das ume für
ne nöji Mode sy, dass er i ds Gade ueche geit, ob er i d Stube
yche chunnt? Er wird gäng no wunderlige sy, dass er het i ds
Dorf müesse. Das wird e churzwylegi Wienecht gä, wen er wäge
däm itz no wott der Chopf mache. – U si hätt itz afe es Fläckli
blaue Himel gseh gha. E Brief isch cho dä Namittag, nid e länge;
aber drinne het es gheisse: «Wir können an Weihnachten heim-
kommen. Freut es dich, Mutter? Und vielleicht kommt das
Christkind ins Schattsytli.» O di guete Purscht! Aber Tani sött o
zfride sy! Di Schale, wo re di Jahr düre um ds Härz ume gwachse
isch – ach, die isch nid hert; vo jedem ruuche Wort uberchunnt
si es Tümpfi, wo schmirzt.

Aber itz chunnt Tani u bringt e Jahn früschi, chalti Luft i
d Stube yche. «No bal chalt verusse», seit er, won er us de Läder-
schuenne schlüüft u di warme Finkeholzböde unger em Ofetritt
vüre ziet. I syr Stimm ischt e Ton, wo d Frou macht z lose u
z luege. Grad wi's ne heimlicherwys tät lächere. Un itz gseht si,
wi nes verdrückts Lache o i syne Mulegge hocket. Mhm, ischt
er ächt itz doch einisch ygchehrt im «Bäre» vor? Oder wo ischt
ihm ächt sy schlächt Luun abhande cho? Si git ihm der Gaffee
vüre, wo sen ihm het z warme gstellt gha, u wo sen ihm yschäicht,
het si gwüss der Ate chly kritisch dür d Nase zoge. Si hätt nid
chönne säge, dass er na öppis Geischtigem schmöck. D Schmidi
laj se grüesse, richtet er ob allem Ässe uus. Scho das het Meielin
fasch d Red verschlage; es ischt si settigs nid gwanet gsy vo Tanin.
Un itz fat er no vo de Purschte a – ob die z grossartegi sygi, für
hei z cho? Es wärd ne doch wohl gschribe ha. – Myn Troscht
doch o, wen es Glesli Brönnts, oder was er het gha – Tanin wi

ne Händsche cha umchehre, wett es de bim Hageli – eh nei, versündige wott es si nid. Aber so wi Tani itz eine ischt, so mahnet er'sch a dä Tani, wo albe i d Sunnsyte ueche cho ischt un ihm ischt lieb worde, wen er scho im Schattsytli isch deheime gsy u wytersch nie aparti e Hübsche isch gsy. Es Töndli het o i ihm afa singe, wo lang, lang het gschwige gha. Es chönnt ömel itz nid Härdöpfel gschwelle, für zum Znacht – aber we's Tanin einisch ume e Blattete Stierenouge miech u Mutschgetnuss tät druber schabe, win er'sch albe so gärn het gha! Di junge Hüener hei ja grad so schön afa lege. Aber er balget däich de mit ihm, wen es däwäg vertüendlig umgeit mit de tüüre Eier. Aber gang's itze wohl oder übel!

Nei, Tani het nid balget u nid afa rächne, föifmal zwee-dryssg git – nei. Ob scho hütt Wienecht syg? fragt er. «Aber wosch du nid o, Meieli?» Um ds Gottswille, itz seit dä ihm Meieli! Es möcht si nid bsinne, dass er dä Name einisch bruucht hätt. Es cha kes Wort druuf säge. Es müesst süscht afa briegge. Aber itz chönnt ihm niemmer agä, dass dä nid wär im Wirtshuus gsy u no nüechtere wär. Mi weiss fasch nid, isch es zum Lache oder zum Briegge. Mi weiss fasch nid, ob me Tanin söll bittere Gaffee yschäiche, dass er ume nüechtere wird, oder ob me fasch lieber wett, er tät no blybe, win er ischt.

Nam Znacht isch Tani churzum ume gäg em Gade zue u het en eewegi Lengi öppis gha z nusche u z fiegge. Won er ändtlige chunnt, het er beed Häng hinger em Rügge versteckt u fragt wi ne Schuelbueb: «Weli Hang woscht?» D Frou weiss eifach gar nid, was si söll däiche u was si söll mache, so nöi u frönd u ungwanet ischt ihre Tanis Tue. «He, säg's doch!» tuet er nötlig. Si muess ne gschoue. Da steit er, dä verwärchet Tani, mit de Chrinne näb em Muul ache, mit de graugspräglete Haare, u glychet doch däm Tani vo früecher. Es cha nid angersch, es muess lache, lache, wi's Tani lang nie meh ghört het. U won er no einisch fragt, «Weli Hang woscht?» da macht es: «Grad beede, de wirden i's wohl preiche!» Aber itz lat's Tani o no chly zable. Luegt es itz nid grad dry wi denn, won es gäng nid het gwüsst, ob es ihm Ja oder Nei säge wott? U isch gäng no es Hübsches, gseht er ungereinisch, trotz de graue Häärli näb de Ohre. Es wörgt ne öppis im Hals, er muess paarmal z läärem schlücke, ob er öppis säge cha. «Sä», macht er, «i hätt der da chly öppis!» Er luegt Meielin zue, won es ds Schnüerli löse wott, u wo's ihm nid grad wott grate, nimmt er ds Sackmässer vüre u verhout's, we Meieli scho het abgwehrt.

«Gäll!» ertrünnts's ihm, wo di Pracht vor ne uf em Tisch ligt u Meielin ds Augewasser uber d Backe ab chrällelet. Ach, Tani ischt es gstabeligs Wienechtchingli, er ischt am Hag anne u weiss süscht nüt z säge. «Was ischt itz di acho, Tani?» fragt Meieli unger Lache u Plääre. Itz isch Tani doch no ume chly der alt Tani worde. «Es isch mi eifach grad so acho», tuet er grossartig, «das ischt öppe nüt Apartigs, un es isch nid für das Sache drann, won er gchoschtet het. Si höische wi d Schelme, di Becke. Aber spar ne de nid öppe, er mach de nächschti Wienecht ume anger!»

Es isch Tanin speter no hie und da öppis acho, wo si d Frou gar nüt druuf het verfasst gmacht gha. Es heig da früecher meh weder einisch vo Meiezüüg gstürmt gha. Ob er ihm öppe itz söll e Stäge mache? So wi d Schmidi eini heig? U einisch het er der Schumeischter gfragt, ob er öppe bi däm alte Schaft, wo Meieli vo der Sunnsyte ache züglet het u dem Schumeischter gäng chly het i d Ouge gstoche – eh ja, ob er itz öppe derwyl hätt, für di Blueme ufzfrüsche? Aber der Name müess er ihm de no druuftue, mi vergäss ne mängischt schier.

Tani isch ke Ängel worde, bhüetis nid! Aber ds Meieli-Müeti mit sym nöi erwachete Sunnsyte-Gmüet gloubt doch, der Heer sälber syg denn Tanin ebcho, won er isch ga Salz u Hebi reiche, syg ihm mit der Hang uber d Stirne gfahre u heig ihm mit em chlynne Finger ds Härz agrüehrt. Es gscheh ja hütt no albenei-nisch Wunger!

Hung-Ankebock

«Potz mänt Änneli!» hei Grabersch Meitleni grüeft, wo si zum Chuchipfäischter uus Oberhusersch Fuerwärch hei nachegwungeret. «Chömit luegit, si zügle di nöji Jumpfere zueche!» Un itz isch d Mueter cho z springe u het use glüüsslet. «E-e-e», schüttlet si der Chopf, «die wär mer itz hingäge zwider.» «Was hei itz Oberhusersch ächt gstudiert, das ischt ja nes Däämeli, ömel ere Purejumpfere glychet die nid!» «Hesch gseh, wi die het e Huet uffe gha, u hesch di gachtet, wi die e Strubel het?» hei d Meitschi enangere gfragt. Grabersch hei gwüss fasch nid möge gwarte, bis si das Jümpferli vo naachems hei chönne luege.

Jä, d Oberhuus-Mueter ischt eigetlich o chly erchlüpft. Denn, won es isch cho dinge, het es ke Huet uffe gha, u ds Haar, het si gmeint, syg halt vo Natur uus eso. Itz wird es öppe no bsungerbar agwängt ha uf ds Astah hi. Däm seit si de scho meh e Chuz un es Ghüener, we me settig Tradle näb de Ohre ache häicht. U wen es no chly e angere Name hätt! «Ryggi» heiss es, oder mynetwäge Maryggi, wen es si ihne so besser schick. Aber dernäbe het es se denn düecht, syg es gar kes übels Meitschi. Si het's o gmacht, wi's albe ihri Mueter het gmacht, we si e Jumpfere het wölle dinge – si het ihm zerscht afe z ässe ggä. U da het es gwüss nid dumm ta. Het styff use gno, äberächt vil ufgleit u 's chönne la rücke, ohni yche z wauschte. Ds Täller het es i der Ornig usputzt u der Wärchzüüg dry gleit, win es si schickt. U dernah het es usegruumt u ungheisse abtröchnet. U ischt ihm z Sinn cho z frage, ob es der Chatz no söll der Räschte Milch gä, u wo si sy einig gsy wäg em Lohn u allem, isch es churzum ggange u het nid no das oder disersch gha z stürme. Si het gwüss gmeint gha, si heig fei e chly e Schick gmacht. Aber itz düecht es se doch o, das Fröilein, wo der Vatter het greicht, pass nid rächt zu ihne. U der Vatter het o chly suur gluegt. «Hescht se eigetlich gfragt, ob si de hälf grase u ob si uberhoupt chönn dussewärche?» het er ghässelet. «Eh, we eis als Purejumpfere dingi, so bheig si das doch von ihm sälber vor», wehrt si d Püüri. «Eh, itz wöll me ömel afe luege.»

So chly nes angersch Tämpo ischt scho i ds Oberhuus cho mit Ryggin. Nach em Heimetschyn hätt es eigetlich ganz i der Ornig Marie gheisse. Aber dä Name gfall ihm nid, het's gseit, er mach eim alt. «Oh das Babeli!» D Püüri het es «Ach» usgla, «ja, ja, es Babeli isch es.» Nume win es es Wäse het mit sym Haar, un es cha näbe kem Spiegel düre, ohni hurti dry z luege u we's o nume der Brunnetrog wär. Aber es tifigs isch es, u d Sach geit ihm us der Hang, un es willigs isch es o. Nume das Lache u das Gugle u das Ganggle, won es het! Ke lidige Bürschtel cha i d Neechi cho, ohni dass es ne mit syne Brammerbeeri-Ouge aglitzeret u näb ihm düre ränggelet. Nid dass sen ihm öppis Schlächts nahrede wett; aber es isch doch ke Manier. Sogar bim Vatter het es itz vil rächt, un er muess albe lache wäg ihm. Aber Grabersch Meitleni – u si sy nid alleini gsy – hei gseit, Maryggi louf grad wi ne Wasserstälz, u si wette si gschämt ha, däwäg der Naar z mache.

Ds Mannevolch het de scho chly en angeri Tonart agschlage. Da heigi Oberhusersch doch itz o verflüemeret e styffi Jumpfere! Un e tifegi, die laj nid Gras wachse unger de Füesse! Eh, u de ne churzwylegi! Die heig Münz by re für use z gä, we me re öppis apänggli. U won es isch z Gygersunndig gsy, het der Hüttechnächt nachhär gseit, das chönnt sytüüri uf eme Batze obe tanze, we's sy müesst. Un es wär mängem z Sinn cho, das luschtige Ryggeli a ds Hälfterli z näh. Aber dert düre isch es de no es exakts gsy, un es het nume ds Gspött tribe mit ne. Ja, Ryggeli het scho gwüsst, wi nes hübsches Gringli dass es desume treit, u der erschtbescht bruucht me de gwüss nid z näh, we me d Finger a beedne Hänge bruucht, für ufzzelle, wi mänge dass me uberchäm. D Meischterfrou het ihm mängisch gseit, es wöll si no versündige, wen es albe eine nam angere dür d Hächle zoge het. Eine ischt ihm z chlynne gsy, eine z dicke, en angere z magere, eine het ihm nid gfalle, wil er chrumm Wade het gha, u der Mälcher wett es nid, u wen er e Bitz wyt ubergulded wär, wil er e Schnouz heig. Das syg nid rassig. Am beschte hätt ihm allwäg no der Hüttechnächt gfalle; aber dä chönn nume Schottisch, un äs tanz nüt lieber weder Walzer linggs u rächts ume. So het o dä nid i d Chränz möge. Wagner Gottlieb wän ihm grüüsli nachezoge. Däm het du d Meischterfrou afe z Bescht gredt. Es söll doch däiche, dä heig es guets Gschäftli u d Mueter syg ihm itz grad gstorbe. Dert chönnt es grad meischteriere win es wett. Gottlieb syg ja sövel e gäbige, freine Bursch. «Aber e halbe Chrüppel», het Ryggi gschnäderet. Das isch nume gsy, wil er einisch der Schläckfinger vorab gfreeset het. D Meischterfrou het ihm itz afe grad ghörig d Poschtornig gseit, däm schmäderfrääsige Maryggi. Es söll se nume röndle u sibe; aber we's es so mach, söll es de nid meine, dass ihm e rächte blyb. Es wöll däich o dem Hag nah, bis es der chrümmscht Stäcke use gläse heig. Ja nu, wen es sälber nid gschyder syg – si heig's itze gwarnet. Aber es söll de us ere schöne Blatte ässe, we nüt drinne syg! Aber Ryggeli het der Chuz hingere gschlängget un e Schütti glachet u bim Abwäsche no luter gsunge u trauderet weder süscht: «Ein anderer muss es sein, un e andere muss es sein.» Da chönn me nüt mache, het d Meischterfrou gseit, das müess sy Lehrblätz sälber mache.

D Buebe sy du o bal faltsch worde gäge Maryggin. Der gmeinte Chrott läcke si doch de nid d Wichsi ab de Schuenne, das söll si re nume nid öppe ybilde! Un e angeri Mueter heig de schliessli o es liebs Ching. Dä Stolzgring söll doch eine la dräje u ne nachhär la glesüüre im Heimberg obe! Oder sälber eine schnätze u ne nachhär ubergülde. De wärd si ändtlige doch de afe eine ha, wi si ne wöll ha.

Du ungereinischt isch ds Gred ggange, Maryggi heig itz doch eine im Gusel, es syg allwäg scho halbersch versproche mit ihm. Der Hüttechnächt het dä Thärme ei Abe bim Chäsmilchschöpfe brunge. Aber si chönnti's nid errate u we si bis morn am Morge errateti, het er gseit. Mit däm chönn si de Walzer tanze, di Marle. Eine, wo nid emal i der Ornig loufe chönn! Derzue het er der Schöpf-Gohn la i d Bütti flüüge, dass d Schotte wyt druberuus gsprützt ischt. Ändtlige ischt er mit der Sprach usgrückt: Zimmerma-Chrigi. «Was? Dä Lahmech?» Es het fei e chly es Glafer ggä der Momänt. Wo die itz dä ufggablet heig? Ömel z Tanz gang er nid, u ob öppe Muess – – Das wüss der lieb Stäffe, ömel är nid, het der Hüttechnächt gschnaulet, ömel öppis Verruckts syg da derhinger.

Es isch nid nume es läärsch Gstürm gsy. Scho am Sunndig druuf isch Ryggi mit Chrigin dür ds Dorf gspaziert u het derzue ds Gringli zöimt wi nes Dragunerross. Mit em lahm-gah isch es gar nid so bös gsy bi Chrigin, er het nume ei Fuess es Ideeli nachezoge. Er heig si einisch i ds Chnöi ghoue. U o süscht het si Maryggi syne nid gha z verschäme; er isch nid öppe e Usbund vo Schööni gsy, aber o ke wüeschte, un i der Ornig gwachse. Er ischt e guete Zimmerma, u dernäbe het er no es chlynersch Heimetli. Nid öppe es uszalts; aber er chönn's mache. Mi chönnt ihm nüt Bös's nahrede. Aber dass er bi däm exakte, gerggelige Wybervölchli i ds Määs möcht, das hätt ke Möntsch ggloubt. Früecher hätt es gseit, eine, wo nid tanze chönn, nähm äs nid gchüechlete.

Syner Meischterlüt hei si ömel o grüüsli verwungeret, wo's ischt uscho. E Rung vorhär isch der Zimmerma no bynne uf der Stör gsy, u da hätte si no nüt angersch gmerkt gha. Dass Maryggi o mit ihm zigglet het, isch me si ja gwahnet gsy. Un itz ungereinisch isch das e gmachti Sach, u Maryggi redt vo Hürate. Aber süscht het es der Meischterfrou ihre Gwunger nid rächt wölle fuettere. «Wenn het er di gfragt?» isch si hinger is. «Eh, won er da ischt uf der Stör gsy», macht Ryggi. «Jä, hescht vorhär öppis mit ihm gha?» frääglet d Frou ume. «M-m», lachet's. «Aber sövel gleitig!», si chönn nid begryffe. Un e Schnouz heig er ömel o no. Hm, dä mach er de scho ab, het Maryggi gschnibelet. U meh het si nid us ihm use brunge. Öppis syg da derhinger, het o d Meischterfrou bhouptet, ömel nume grad puurluteri Liebi syg da nid der Hochzytmacher. Sövel verstang si de o no.

D Lüt i der Nachberschaft hei o mängergatti gwärweiset, u das Brutpaar isch dür mängs Wasser zoge worde. Ob Maryggi blings syg? het ds Mannevolch gseit, das hätt's besser chönne mache, hundertmal besser. «Eh, dä arm Chrigi!» hei d Meitli Erbarme gha, was dä mit me settige Hoffertstil wöll? Die bring dä uber nüt, ob's lang gang. Jä itze! We eine nid gschyder syg! Wen er ds Vögeli wöll, so söll er halt de ds Dräckeli o ha.

Aber Maryggi het si doch du no verschnäderet. Der sälb Morge, wo si hei wölle ga ds Hochzyt agä, het es ds Morgegschir abgruumt, u won es d Röschtiblatte nimmt, tuet's derglyche, es wöll se dür d Chuchi uus schlängge. «So adie, Röschtiblätteli», lachet's, «itz git's de albe öppis Bessersch Zmorge!» Ob's mein, Stücki bringi Gfehl? fragt's d Frou, wo däm Manöver zuegluegt het. «Hm», das wüss es nid, lachet Ryggi, aber itz heig es halt de nimme Röschti ame Morge, itz heig es de Hung-Ankebock. Das heig ihm Chrigi tüür u helig versproche. U das heig halt du der Uschlag ggä. Wäge däm heig es ihm zuegseit.

D Meischterfrou het gwüss e Momänt d Sprach verlore. «Tz tz tz», itz gloub si doch, es fähl ihne bedne zäme im Chopf. Ob äs itz eigetlich grad sövel es dumms Titti syg? U für ne settige Sturm hätt si itz doch Chrigin nid gha. Das chönn me doch nid! Stell me si o vor: All Morge Hung u Anke! Das vermöchti nid emal sii, verschwyge eine, wo no Schulde heig bis fascht a d Firscht ueche. «Du wirsch nid guet glost ha, doch däich nume am Sunndig, het er gseit?» – «Ne-nei, ei u all Morge u so vil dass i wöll!» het Ryggi stolz verkündiget. «Tüür u helig het er'sch versproche.»

D Meischterfrou het afe gwärweiset, ob si's wöll em Pfarer säge u het dem Ma gchlöhnet, der Gmeinrat sött si da bal derhinger lege. Aber dä het se nume no usglachet. Dä Chrigi syg syr Ansicht nah der Gschydscht wyt u breit, dä wüss, wi me d Wasserstälze fang. U der Götti, wo bläsne isch gsy dass nüt eso, het gseit, das syg itz ihrem Jümpferli ganz ähnlich ggange wi ds sälbisch däm griechische Grüsel im graue Altertum. Däm heig o niemmer chönne a ds Läbige cho, bis ne eine bi sym seere Blätz a der Fäärschere erwütscht heig.

Er het öppis rächt gha. Hung-Ankebock ischt scho vo Ching uuf Maryggin ds Liebschte gsy. Es wird's Chrigin öppe brichtet ha. U won er ihm du het Hung-Ankebock versproche, ei u all Morge u so vil dass es wöll, da isch es blybe hange wi ds Müüsli

50

am Späck, bis ds Fälleli zuegchlepft ischt. Da hein ihm die angere lang chönne maryggele u rächts u linggs ume tanze, es het se nume usglachet. «Ein settiger muss es sein, ein settiger muss es sein!» het's gjödelet, won es de Fäärli useputzt het.

Am Tag vorhär, ob es furt ischt, het's d Frou no einischt i d Schuel gno. Si chönn's eifach fasch nid verantworte, dass äs däwäg ganggelochtig e settige wichtige Schritt tüej. «Das isch de i ds läng Jahr dinget, Maryggi», het sen ihm gseit, «u nid nume Schöibeli tuuschet!» U si wöll ihm itz nume grad säge, dass das de nid gäng em Buechstabe nah gang, wi's ds Mannevolch eim verspräch, we si eim wölli ygänterle. Eh bhüetis, es wärd fasch ere jede alls Hungsüesses verheisse. «U wivil Bittersch wartet de meischte!» Es söll si de in acht näh u hurti dervoloufe, we's ihm o so sött gah! Däm Hung-Ankebock trou si nid rächt, das säg sen ihm ufrichtig. «Ömel ig wohl», het d Hochzytere glächlet un isch nume so uf de Zeje tänzerlet, für z lose, wi di nöie Schue chääre. Däm müess me itz i Gottsname der Louf la, isch d Meischterfrou zum Schluss cho. U Maryggi isch hälluuf u munter mit sym Chrigi dem Hung-Ankebock zue zoge. We das guet use chömm, de chömm de no mängs guet, hei si d Lüt ufghalte.

Syner Meischterlüt hei Maryggin nid us de Ouge gla u öppis gluegt z vernäh. Einisch hei Grabersch Meitli der Püüri gseit, Maryggi laj d Fäcke ordli fasch la hange. Dä Hung-Ankebock schlaj ihm nid grad guet a – we's ne uberhoupt uberchömm. Aber d Püüri het chly meh gwüsst u vo Maryggin sälber. Chrigi syg e guete, u Hung u Anke chönn es ha, so vil dass es wöll, win er ihm versproche heig – nume – itze – widerstang er ihm. U scho het es der Lumpe vor ds Muu gno u ischt use. Aha! Ja, de besseret das scho ume. Si het Maryggin trööschtet, wo ds luter Wasser briegget het. Si het fasch müesse lache derby – wi ne erfahrni Mueter öppe lächlet i settige Momänte. «Jaja, so cha's de eme settige Babeli gah, wo wäg eme Hung-Ankebock sy lidegi Läbtig ufgit – de chunnt ihm e Zyt, wo me's wyt jage chönnt mit eme Hung-Ankebock. Settigs isch de albe guet für e Gluscht.» Aber d Houptsach syg, dass Chrigi rächt syg mit ihm un ihm di Guetsach möcht gönne. Di Sach ischt am Änd de no minger bös, weder dass si gförchtet het. «We si itz nume Maryggi stellt u nid dumm tuet!»

Jä – e Zytlang het es scho chly grächnet mit däm junge Froueli. Es ischt ihm halt scho ländtwylig vorcho, wen es mit Chrigin sälb zweit het sölle dussewärche, oder no alleini, wen er het z zimmere gha. U Chrigi het nid zum Bruuch gha, ihm all Tag z säge, wi nes hübsches dass es syg, u nid hinger jedem Tennstor vüre ischt ihm öppis nachepängglet worde. Un es het o nid gäng öppere chönne güsele u helke u mit ne lache, a allne Orte het's sys Chömetli drückt. We's i re Stell wär gsy, hätt's allwäg churzum gchündtet. Oh, es het mängischt im stille i ds Hälfterli bisse u dranne gschnellt – un itz hilft o sy Troscht, der Hung-Ankebock nimme. Er zeigt ihm nume no rächt sys Eländ. Nume uber Chrigin, da wöll es nüt säge, u ihn sött es eigetlich nid la etgälte, dass äs so nes chindtligs isch gsy. Aber syner Trädeli näbe de Ohre ache sy zu trüebsälige Fäcke worde. Maryggi tüej si muuse, het der Hüttechnächt einischt ustrummet, es glych ehnder ere Marunggle weder eme Maryggeli. U het hassber glachet derzue.

Aber Maryggin sy d Fädere ume nache gwachse. Das het ihm ja scho sy Meischterfrou nachegrüemt, es chönn si chehre u umtue, mi mög's fasch zueche stelle, wo me wöll. So het es o hie der Rank ume funge u ischt ume ihns sälber worde. Nei, no besser heig's ere gfalle, het d Meischterfrou gseit, wo si dem erschte Ching isch Gotte gsy. Das Mueter-sy stang ihm gar tuusigs wohl a, un es heig si rächt bchymt u syg ufligs u luschtigs u heig ume es Gringli wi nes Leghüendschi. Es mach alls ganz e gueti Gattig. Eh bhüetis, bhüetis, das hätt si albe nid däicht!

Ömel är wohl, het der Puur gross ta. We eis däwäg äben abtrappi wi Maryggi, so chöm eis gäng ume uf e rächte Wäg zrugg, wen es als lidig u jung scho chly de Pfyfölterli nacheluег u albeneinisch i de Lüfte syg. Er heig ja scho früecher öppe gseit, es chönn o i re schöne Hültsche inne e guete Chärne sy. – D Frou het si nöie nid dra bsinnt, aber es isch ja guet, wen er rächt het.

Maryggi het speter einisch der Meischterfrou chly bychtet. Wen es scho es dumms Wybervölchli syg gsy, won es heig ghürate, so heig es glych ds Gschydschte gmacht, won es chönne heig. Chrigi heig's gäng e sövel guet mit ihm gmeint wi denn, won er ihm Hung u Anke versproche heig. Äs nähm ja das längschte nimme dem Buechstabe nah. Es heig doch chly öppis glehrt. «Aber zu de Beji luege mer guet», het's glachet, «u mir hei gar es guets Chueli. I cha mängs Gägeli Anke mache ds Jahr uus. Es isch drum itze schon es Küppeli, wo gärn Hung-Ankebock het!»

«Lueg itze», het di alti Purefrou gseit u im verschleikte müesse abputze. «Der Möntsch gseht eigetlich nid wyt. All Lüt hei denn prophizeiet, dä Hung-Ankebock syg öie Ungergang. Un itz ischt er zu me guete Bode worde, wo e gfröiti Hushaltig druffe het chönne erblüeje.»

D Hochzytreis

Hanse u d Lisabeth het me wahrschynds im ganze Bärnbiet u no wyt druber uus kennt. Si hei gar mängs Jahr ihre Chare mit Husierer-Ruschtig uf chrumme u grade Wääge, Stützli uuf u Stützli ab zoge. Är i de Stange, sii näbenyche, für hingerzha oder z stosse, je nachdäm wi's d Not erforderet het. Är ischt e chlyne Dicke gsy, si ischt e chlyni Dicki gsy; er het chly hert ghört u sii o nid am beschte, är het nid vil uf rede gha u sii o nid. Oder het eim ömel de nume das gseit, wo si wölle het u nid das, wo d Lüt mängisch hätt wunger gno. We me scho unger tuusige hätt chönne useläse, mi hätt müesse gnue tue, bis me zwöi hätt funge, wo besser hätti zäme passt. Lang het gar niemer rächt gwüsst, wi das mit dene zweine es Wäse ischt, ob si Ma u Frou oder am Änd no Gschwischterti sygi. Im Alter hei si o guet zäme passt, u we me het nachedäicht, so isch es eim fasch vorcho, si sygi vo Afang a fasch gäng di glyche gsy. Vilicht, dass es e Zyt het ggä, wo der Lisabeth ihrer Bäckli no chly ründer u röter sy gsy, ihrer Chrüseli no chly trädeleter, u wo Hanses Stirne no nid bis i Äcke hingere greckt het. O i der Alegig hei si nid vil uf em Ändere gha, u d Lisabeth het nume zwüsche Halblynchittel u Merinochittel, zwüsche Winterjaggli u Summerjaggli u zwüsche Schippergloschli u Sydechudergloschli Mode gwächslet. We si im Merinochittel cho ischt, de het me mit der Sach i Bode dörfe, u we si im Herbscht scho der Halblynchittel het anne gha, de het me gwüsst, dass me itz ds Meiezüüg muess yche ruumme, dass es angähnds chunnt cho ywintere. Hans, dä het nid emal Herbscht- u Wintermundur gwächslet, wi süscht fasch jedes Kreatürli. Er het eifach im Winter unger sym Uberhemmli no zwe Lismere treit u im Summer nume eine.

We me di zwöi nume so obehi gschouet het, so hätt me ja chönne meine, das sygi zwöi eifältegi Tröpfli, wo schwär u gnietig ihres Mues u Brot müessi verdiene. Öpper, wo se nid kennt hätt, wär in es Erbarme yche cho, vilicht in e Yfer, mi dörf doch zwöi settegi, wo doch chly mit em Sack gschlage sygi, nid nume so ihne sälber uberla. Eh ja, Hans alleini wär allwäg scho chly ne arme Züttel gsy; aber derfür isch d Lisabeth da gsy u het gluegt. Das hätt ja de ne Bling gseh, dass siin ihm allethalbe uber ischt. Si het d Sach agschribe u der Prys gmacht, nume si het hie u da e Halbbatze abgla. We scho Hans ischt i de Stange gsy, greiset het halt glych d Lisabeth, un es isch na ihrem Fahrplan ggange. Mi darf sauft so säge. Si hätt eim bim Tag use chönne säge, wo si denn u denn ubernachti, oder wo si am Sunndig i dreine Wuche der Chare ygstellt heigi. O nei, wäägerli nid, d Lisabeth isch mit ihrem Hans u ihrem Chare nid nume so angfährt i der Wält ume ploulet. Si het ihre Kurs gha, u dä het si yghalte, ihrer Statione u Haltstelle, wo si nid drann verby gnepft ischt. Mi seit ja gäng, d Gabe sygi gar nid so unglych verteilt, wi me mein, u d Lisabeth het eim a das gmahnet. We der Liebgott scho nid gmeint het, er müess se i alli Spitzli use usfygüüre, so het er ere doch e Sinn drubery ggä un es Gspüri, wo lang nid all Lüt hei. U das het ere vil meh abtreit, weder we si latynisch u griechisch chönne hätt. Wi wär si süscht grad prezys denn unger der Hustür gstange mit ihrem Gaffeepintli, we ds Wasser i der Pfanne ploderet het u me no Chüechli oder Züpfe vo re Chindbetti oder vo der Sichlete het gha? Oder wi wär si süscht grad derzue glüffe, we me mit ere gchochete Hamme het i Chäller wölle! U wi hätt si's süscht gwüsst yzrichte, dass si am Samschtig z Abe mit ihrem Chare uf der Bsetzi wäri vorgfahre, we si grad isch fertig gwüscht gsy u der Puur oder d Püüri het i Spycher wölle, für ds Grouchnete z reiche uf e Sunndig! De het ja ds Mässer fasch von ihm sälber chly wyter yche gha, dass ömel de gnue syg, we scho zwöi meh sygi bim Tisch – u vilicht no chly öppis uberblybt, für der Lisabeth am Mändig am Morge i Chittelsack z gä! Si het nid bruucht z höische, si het nume öppe der Mage verha u gseit, si heig zvil Magesüüri u sött allipott chly öppis ässe.

U wär d Lisabeth einisch ame Sunndig mit ihrem Hans vor eme armsälige Hüsli usse ghocket? Ne-nei, es hätt de scho ne grüene Stuel sölle da sy un e schöne Garte dervor un e Mischtstock dernäbe, dass me scho vo wytems gseht, dass hie nid nume zwöi Höitli Veh im Stall sy. U we so bi re userwählte Sunndig-

Haltstell öppe e jungi Frou zueche cho ischt, de het si chönne mache, dass si bir Lisabeth het i ds Määs möge. Süscht het die de nume so gschnaulet, we si het für ds Ubernachte u für ds morn-da-blybe gfragt. Nume wil es si so schickt, begryfflig, es hätt si ja doch niemmer trouet u derfür gha, der Lisabeth abzsäge, so weeni wi me hätt dörfe säge, mi heig nüt nötig. Süscht het si de chönne brummle u hässele, dass me se fasch het müesse schüüche, u Hans het müesse e tifegeri Gangart aschla, für vom Huus ewägg.

Einisch hei si ame Purenort am Napf hinger grad für d Höiete gchüechlet, wo Hans u d Lisabeth mit ihrem Bagaaschi sy agrückt. Di erschte Strübli, wo me het us der Pfanne zoge, sy ihne uftischet worde. «Hm», het Hans dür d Nase gschnuusset, won ihm d Püüri grad e ganzi Alegig use git. Es isch wyt uber ds Täller uus cho. Aber Hans het gwüsst, wie derhinger; er het das Trädeli abglyret u het ggässe, ggässe, d Püüri het gly einisch müesse nachedopple. D Lisabeth wär itz o bal redegi worde. «Gäll, Strübli sy guet!» macht si, wo si gseht, wi Hans yche ligt u Schweisströpf uberchunnt über d Nasen y. Itz wär doch einisch der Zymme guet, für chly mit der Lisabeth z brichte, chunnt's der Püüri i Sinn. Da chenn me di zwöi itz däich scho zwänzg Jahr u wüss glych nüt von ne u wi si's öppe heigi. Si fat bi längsem afa frage. Was si für Jahrgang heigi – aber das het d Lisabeth lätz verstange u seit druuf: Ja, ds letscht Jahr syge si scho vor em Höiet cho. Aber si het so kurlig blinzt derzue, dass d Püüri nid no einisch hingervür ischt. Si schäicht ne früsch ume y u reicht no Hasenohre, wo grad sy us der Pfanne cho u fat itz doch no einisch a. Ob si alleini ime Hüsli sygi, ob si o öppis chönni pflanze, u wo si dert afe chly het Ufschluss gha, fragt si, ob si eigetlich o Ching heigi. – Heitere-fahne! Wi isch di Lisabeth zwäggfahre! We me scho ne Chloschternunne öppis so gfragt hätt, sie hätt's nid böser chönne uffasse. «Ja wohär!» schnaulet si, stellt ds Chacheli räss ab, dass es fasch hätt la gah u der Gaffee druberuus gsprützt ischt. Dernah steit si uf, git Hanse e Mupf, dass er fascht e Bitz Chüechli i lätze Hals zoge het. «Chumm!» ruuret si u geit zur Tür uus ohni nume z danke u Adie z säge.

Wohl, itz het Hans o einisch gleitig müesse lüpfe, grad i eim Rupf ischt er vom Stuel cho. Süscht het's eim albe düecht, er müess eis Glid um ds anger losysche. Aber d Lisabeth het glych der Chare scho gchehrt gha, won er ischt use cho. Un er het chuum möge i d Stangli gcho, het si scho gstosse. Es gnots hätte si no uberläärt bim Schopfegge.

Das wär itz doch afe bal übel ggange.

Der chätzersch Lisabeth wöll si's doch itz de ytrybe, het si d Püüri vorgno, die bruuch de ds neechschtmal der Chare nid abzprotze, dere chouf si nüt ab u gäb ere nüt, weder Dicks no Dünns. Das syg doch de afe uverschamts, we me eim däwäg chömm. U sövel zimpferlegi wärd d Lisabeth däich nimme sy, dass me nid emal settigs frage dörf. Si chönnt däich dem Alter nah Grossmueter sy.

Aber wo si ds neechschtmal sy umecho mit ihrne Bürschte u Beerichrätte u Chlämmerli, da isch d Lisabeth ganz di anger gsy u het scho vo wytems glachet, dass es si der Püüri doch schlächt gschickt het, no z töibbele. Aber gfragt het si doch nid, was los syg, we sie scho gseh het, dass d Lisabeth ds Sunndigjaggli anne het u Hans es wysses Hemmli. Anstatt ihres graue Ohretüechli het d Lisabeth es sydigs Chnüpferli umgha, u d Chrüseli sy re luschtig um d Ohre um gchremänzlet. Hans het früsch bartet gha u d Schueh gwichst, nid nume gsalbet. U o süscht isch ganz e Glanz uf dene zweine gläge. Es hätt se scho wunger gno, aber–. Weder d Lisabeth het du süscht afa rede. Ob si öppe der Chare e Stung oder zwo chönnti zueche stelle, het si gfragt, u derzue het es se glächeret, u d Ouge hei re zwitzeret. Mi het gmerkt, dass si druuf wartet, dass se d Püüri frag, was ömel o syg. Aber die het si guet möge uberha, u d Lisabeth het süscht müesse usrücke mit der Sprach: Si wölli äbe d Hochzytreis mache uf e Napf ueche u verschnäpft si no: Es heig doch itz afe ändtlige müesse sy. «D Hochzytreis?» ertrünnt der Püüri. «D Hochzytreis? E-e.» Si het nüt derfür chönne, dass's ere chly spitzer ischt usecho, weder dass es sölle hätt. U richtig, d Lisabeth het's scho i Ate zoge u afa prüüssele. Das wärd ihne däich wohlöppe o erloubt sy! «Bhüetis, bhüetis ja!» ischt ere d Püüri etgäge cho u het manierlig u aständig der Hochzytere u ihrem Hans d Hang greckt u ne Glück u Gottes Säge u gueti Gsundheit gwünscht, dass d Lisabeth schier het müesse schnüpfe u Hans uber ds ganze Zyferblatt ewägg glachet het. Äch, d Püüri hätt ja gärn no chly meh gwüsst uber das gröitschelig Hochzytspaar; aber si het si wääger nid trouet z frage, u d Lisabeth het ere der Gfalle nid ta. Eh nu! Es Zeicheli wott si ne glych tue. Si geit uber d Gumode u drückt dernah der Lisabeth öppis i d Hang. Si sölli de e Fläsche ha uf em Napf obe u la Zuckerwasser mache un es Lämdschi (Maultäschli) oder so öppis bstelle derzue. U het wääger no bal Ougewasser ubercho, wo si dene zweine het nachegluegt, wi si zäme sy dervo tschöttelet. Es syg naadisch doch unglych abteilt i der Wält, het si müesse däiche, we me gseji, wi vürnähm u grossartig teil Lüt tüeji bim Hochzyt-ha, u die dergäge nume chly chönni der Chare näbenume stelle, für uf d Hochzytreis. U ischt o zum Puur derwäge ga ziepere. Däm het si di Sach minger uf ds Gmüet gschlage; er het gredt, wi ds Mannevolch öppe redt i settige Sache: D Bihördi wärd si däich afe ha derhinger gleit, we die sövel mängs Jahr lidig zäme sygi desume gfahre wi di wilde Chüngle. Er söll doch nid sövel wüescht rede, het d Frou mit ihm balget. Si wöll ihm's grad säge, si heig im Sinn, dene zweine es Hochzytsmähli z choche, er söll de nid cho stürme u schmürzele u d Lisabeth cho toube mache.

«So so», het der Puur müesse lache. «Wär het si nöie fascht verschwore gha, der Lisabeth weder Dicks no Dünns z gä? Weder mach nume, i ma ne's grüüsli wohl gönne!» Das syg däich itz öppis angersch, het si d Frou usegschönt u isch ggange.

Si het grad wölle füüre, da ghört si öppis uber d Loube vüre schlarpe, ghört muggle u päärsche u jammere. U wo si use luegt, stah Hans u d Lisabeth scho ume vor der Tür. Aber nimme lächerlig u glänzig. Si hei ehnder usgseh wi nes Hüendschi, wo nume gnapper Not em Habch ischt ertrunne. D Lisabeth het Hanse meh gschleipft, weder dass er sälber glüffe ischt. «Um ds Himelswille!» macht d Frou u het afe von erscht Hanse ghulfe uf ene Stuel setze. Vor luter Angscht het si fasch nid gwüsst, was mache, ob Hanse Balsem reiche oder der Lisabeth e Schluck Wasser.

Die het si du no grad ume bchymt; aber Hans isch ganz gschlum-
pelige gsy u het gwehberet u si vo der Lisabeth Wunderbalsem
uf eme Zucker la ystosse.

«Baaset's der no nüt?» het si allipott mit ihrer töife Stimm
gfragt u het ne gstrychlet un ihm gflattiert. D Püüri hätt ere gar
nid zuetrouet gha, dass si so chönnt. Aber itz het si doch afe
wölle wüsse, was es ne ggä heig. – Jä, wo's stränger syg afa obsi
gah, heig es si ihm uf e Ate gschlage u heig ihm afa gschwinge.
«Was?» wott d Püüri no besser wüsse. «He, sturm worde isch'
ihm, vor e Ate isch' ihm cho», brichtet se d Lisabeth. «Er ischt
si äbe nid a d Höchi gwanet.» Dermit nimmt si Hanse obenyche
u butelet ihm der Chopf im Arm u ermüntschlet ne. Es het
d Püüri düecht, es syg doch de afe bal chly chindtlig ta vo der
alte Lisabeth. «Eh, das wird öppe nid z stärbe gah!» macht si u
ma si nid uberha, d Lisabeth e chly z güsele – we si seie wär gsy,
wär si hurti alleini uf e Napf ueche, we si scho sövel naach derby
wär gsy, u hätt Hanse chly la warte. Si hätt ihm ja de o nes Tröpfli
Wy chönne ache bringe.

Potz, itz hättit dihr di Lisabeth sölle gseh! Es het eim düecht,
si heig ungereinisch fascht e halbe Schue gwachse. «Was?»
schnüzt si, «ihn im Stich la? Dass er mer derwyle öppe no gstorbe
wär! Eh, was bisch du für ne wüeschti, wüeschti uchrischtlegi
Frou! Das hätt i itz nid däicht vo dir!» U reckt i Sack u wott der
Frou ds Gält umegä. We si e settegi syg, so wöll si nid Gält vo
ihre. D Püüri het si grad ghörig müesse verspräche vor der Lisa-
beth, si heig's nid bös gmeint gha, u stärblige syg Hans nid, er
syg nume wohl feisse. Aber es isch lang ggange, bis ere d Lisabeth
glost het u's mit Balge het chönne la gälte. Gäng isch si hingervür.
Der Pfarer heig ne doch abgläse: «Wo du hingehscht, da will
auch ich hingehen», u de mueti me eim zue, mit sött scho uf der
Hochzytreis vom Ma loufe. «Öppis sturms eso!»

Hanse het es starch afa bessere, er het ömel ume munter
drygluegt. Aber es het ihm's allwäg gar nid so übel chönne, wen
ihm sy Lisabeth so het gflattiert, un er het no albeneinischt
e Päärsch usgla, für di Sach no chly i d Lengi z zie. Der Püüri
isch es ömel so vorcho.

Es Hochzytsässe het's du glych no ggä, u wo der Puur no sälber mit ere Fläsche Wy cho ischt u ygschäicht het u si zäme Gsundheit gmacht hei, da isch es du ume z volem glanz worde. Sogar der Lisabeth het der Wy ds Züngli glöst u het ere ds Gmüet grüert. Nei wääger nid, louf me scho di erschti Stung vom Ma, we me de enangere afe ändtlige ubercho heig, het si gseit u ds Gringli uf d Syte gleit, u Hans het uf sy gstabelegi Art mit syr Frou wölle afa karisiere, dass der Puur het use müesse.

Speter einischt, wo di Früschghüratete längschte ume i ihrem alte Gnapp un im alte, gwanete Glöis sy gsy, het der Puur du Hanse chly ghelkt. Win er'sch heig, ob er nid e grouni Sach heig gmacht mit der Hürat? Gob er zfride syg mit der Lisabeth? Hans het chly ungervüre gluegt, ob d Lisabeth usser Hörwyti syg, het Pfusibacke gmacht u gstiglet: «Hä, grad hert rüemme chan i mytüüri nid u chlage darf i nid. I säge ringer nüt.» – «Du hättisch se ömel vorhär kennt!» ma si der Puur nid uberha z säge. «Ja scho», macht Hans, «aber itz het si halt no meh Gwalt.»

D Lisabeth ischt äbe grüüsli e gytegi gsy u het ne gar äng gha mit em Gält. Un er het doch mängischt o ne schröcklige Gluscht gha, wen er näb eme Wirtshuus düre ischt, un er hätt gärn öppe einischt es Schlüheli Geischtigs gha, ohni dass ihm's d Lisabeth grad bim Halbbätzeli use hätt chönne nacherächne. Un i der Not inne ischt Hanse der Chamme gwachse, un es ischt ihm öppis z Sinn cho, wo gwüss mänge vil usdividiertere nid wär druuf cho.

Sy Lisabeth isch vo Geburt e Truebere gsy, u ds neechschtmal, wo si der Trueber-Chehr gmacht hei, ischt er bim Gmeindschryber ga topple. D Lisabeth heig ds Padänt scho la ungerschrybe, wott ne der Gmeindschryber abtue. Aber Hans het drum öppis an- gersch wölle – er hätt öppis wölle frage, we's erloubt wär. Er hätt wölle frage, ob sen ihm ächt nid chly öppis chönnti use zale, wil er ne d Lisabeth heig ab der Lascht gno. Der Gmeindschryber heig zerscht fasch nid nache möge, u won er'sch ändtlige heig begriffe, heig er Hanse usglachet. Aber wo dä gäng angersch ume an ihm gchääret heig un ihm d Sach darta, wi si doch itze ganz druus u dänne sygi mit der Lisabeth, sider dass si sy Name heig, syg der Gmeindschryber doch zum Verstang cho u heig ihm e Föifedryssger i d Hang drückt. I weli Gmeinsrächnig yche dass er dä Poschte gno het, ischt allwäg gar nie uscho.

Itz sy di beede scho lang uf di längi letschti Reis, wo kes z halber Bredig cha umchehre. U das muess me de säge, d Lisabeth isch de bis z letscht bim Stangli blibe. Acht Tag dernah, wo Hans isch gstorbe gsy, het o sii der letscht Atezug ta. Si het doch Hanse, dä unbehülflich, gstabelig Hans, nid alleini chönne la gah u het änenuus wölle zuen ihm luege u vilicht vor em höchschte Richter der Fürspräch mache für ihn.

Gfreiteschnüer

Es isch Fankhusersch o ggange, wi's vilne Purelüte ggange isch dür dä läng Dienscht düre; si hei Yquartierig ubercho für lengeri Zyt, Draguner. Es isch ne gwüss im Afang chly zwider gsy; aber mi het si no grad einisch zäme gwanet gha, u ischt itz fasch gsy wi ei grossi Hushaltig, u bsungersch d Mueter het's düecht, si müess für alli chly sorge u luege, nid nume für ihrer Lüt.

U wi me's de het, we me für öppere sorget u luegt, mi tät de o gärn chly öppis befäle. So isch es der Mueter ömel o ggange mit ihrne Draguner, u si het si gwüss mängisch fasch nid möge uberha, de Offizier chly ga dry z regänte u dry z wärme, wen es se düecht het, si befäli chly dumm, u mi chönnt das gschyder vürnäh. Eh ja, we me e ganze Ofe voll nassi Chleider tröchne söll u muess Hueschte-Tee mache, ma me ömel de da nid grad so zueluege, we se di Höchere bi allem strube Wätter mache dusse z sy u si derfür mängisch bim schönschte Sunneschyn nume desume plegere. Wi ne läbige Verbotstud ischt si albe uf em Stägesatz usse gstange, we ihrer Draguner hei müesse sattle, wen es seie düecht het, es wär gschyder, si blibi am Schärme. Es syg ömel nid Chrieg im Land, u drum sött me chly sörger ha zu de Lüte. Weder wi wett ja es Mannevolch da der nötig Verstang ha, u wi wett en Offizier syner Lüt düryche chönne chenne, wen er sche ja nume i der Mundur gseht! Da glyche si ja enangere wi ne Flöige ihrer Schweschter u wi eis Scheieli am Gartezuun de angere. U sy doch lang nid all glych, lang nid. Di einte möge jedes Wätter erlyde, u anger sy epfindtlig. U mi sött doch die nid all i ds glyche Bang yche näh. Si hätti ömel Lüt gnue, für d Sach chly z verteile.

We si däwäg ischt i ds Referiere yche cho, hei se albe ihrer Lüt usglachet, si wüss halt nid, was Dienscht syg, u si wärd doch nid wölle milidäreschi Gheimnis usspioniere! Si wärd de nid no i ds Loch wölle! Zivilischte dörfi da halt gar nüt säge. «Aber däiche!» het se d Mueter abtrümpft. U d Ouge hei si re allwäg nid chönne verbinge u d Ohre o nid, u dütsch het si o chönne, u so het si no grad einisch vo jedem gwüsst, won er här chunnt, win er deheime ischt, was er handiert, ob lidig oder ghürate. Settigs wott me doch wüsse, we me de Lüte öppis dernah fragt.

U wo si se du afe chly het bsüngeret gha u se het chönne ungerscheide, isch es halt du so cho, dass ere nid all glych wärt u wohla sy gsy.

Ei Tag het si i der Stuben inne gglettet u ds Pfäischter gäge der Tarässe ume offe gha. Verusse hei d Soldate Uslegi-Ornig gha u ihri Usrüschtig putzt. Es syg en Inspäktion nache. D Mueter het dinne es jedes Wort verstange, wo si gredt hei, ohni dass si öppe spitz het bruucht z lose.

Itz sygi däich de öppe gly einisch ume d Beförderige uf de Traktande, seit eine. U dernah isch ds Wärweise losggange, weler Korpisse dass ächt der Wachtmeischter uberchömi, u ob's ächt o ume paarne läng zu de Gfreiteschnüer! Da zell allwäg afe Meierli todsicher druuf, macht eine, un e angere het ihm bypflichtet: Dä spring nid vergäbe gäng däwäg zwäg, we eine vo de Höchere derhär chömm u laj si zueche, wen es Flohnner-Pöschteli z erwütsche syg. Hütt heig er o aber wölle der Guet sy, u chönn si itz vom Putze drücke. Er syg uberhoupt der Füülscht vom ganze Zug. Aber das merki die natürlich aber nid.

«Meier?» däicht d Mueter. «Dä Meierli?» Das isch doch dä gloubfläcket, wo itz scho di dritti Wuche ds glyche Hemmli anne het. U albe so fluecht, wen es Ross en unäbene Tritt tuet. Grad geschter het si gseh, win er sym Fuchs mit em Strigel het uber d Nase y ggä, un es isch nid ds erschtmal gsy. U we eine Bitze Brot i d Hoschtert use trybt, sött me ne ehnder vierzäche Tag unger ne Wöschbütti ungere tue, anstatt ihm d Gfreiteschnüer z gä. Öppis Dumms eso. Ei Tag het si zuefeligerwys o no müesse ghöre, win er de grosse Schuelmeitschi öppis Wüeschts het nachebrüelet. Ne-nei, gwüss nid, dä hingäge uberchäm ere itze d Gfreiteschnüer nid, we si chly, chly öppis z bifäle hätt. Aber si wärdi doch wohl öppe sälber gschyd gnue sy. Weder grad Gift druuf näh wett si nid.

I Gedanke het si ihrer Draguner düregmuschteret. Eh wohl, da wäri scho derby, wo se verdienet hätti, di Gfreiteschnüer. Itz grad da dä jung Gärber! Mi söll nume luege, wi dä mit sym Ross umgeit! Gwüss manierliger weder mänge mit eme Möntsch. U scho meh weder ei Sunndig het er schi anerbotte u für ne angere d Stallwach uberno. U de ischt er o dernäbe grüüsli e bhülflige u springt eim vor, win er cha. Es wär süscht gwüss e kem z Sinn cho, gschwing cho hälfe Wösch abznäh, wo's Räge dröit het u nachär grad no ds Seil abzmache. Eh – u de ischt er äbe no gar tuusigs e hübsche. Nid dass das öppe e Houptsach syg, aber es sött doch öppe alls e chly ne Gattig mache – o ne Gfreite. Aber es wüss ja ke Möntsch, uf was dass die bi der Sach luegi.

Aber ob me däm nid chly chönnt nachehälfe u derfür tue? Ob das nid so fasch chly ihri Pflicht wär, derfür z sorge, dass der Rächt d Gfreiteschnüer uberchunnt, we sii der Blick nid hei derzue? Schliesslig un am Änd – so Gfreiteschnüer sy de nes Ehrezeiche für eine, so lang dass er läbt, u schliesslig steit's der ganze Armee wohl a, we di Gschnüerte ihre Grad i alli Spil yche verdienet hei.

U dernah het si afa Plän mache, emene Generalstäbler z trutz. Si het se o mängisch müesse abändere u dürtue, bis's se düecht het, si heig itz alls ygrächnet oder ykalkuliert, wi si bim Milidär säge. Der Chopf ischt ere bi allem Däiche fascht so heiss worde wi ds Glettyse.

Wi ne Generalstäbler wahrschynds zersch der Usgangspunkt i ds Oug fasset u der Finger druuf leit u vo dert dänne Fäde ziet u Striche macht u's gägenangere macht z passe, so het o sii der Usgangspunkt gfixiert u vo dert uus goperiert. U dä Punkt isch der Oberlütnant gsy, wo ihrer Draguner het unger ihm gha. Es ischt ere mit däm Oberlütnant glych ggange wi mit de Soldate, si het nid nume der Offizier i der Mundur gseh, si het churzum o der Ma kennt, wo drinne gstange ischt. U dä het ere's gwüss grad z grächtem guet chönne. Aber immerhin – er ischt e Höchere, u si chan ihm doch nid grad so grediane a Chopf use säge, wi si das alueg mit dene Gfreiteschnüer. Si chan ihm doch nid ga bifäle, däm müesst Der sche gä u däm nid. Dä wurd se gross aluege u hätt ere allwäg nid vil druffe. Un es geit nöie afe gar scharpf zue um ds Milidär ume. Mit em Chriegsgricht bigährte si hingäge de nid no z tüe z ubercho. Si müess das angersch luege vürznäh, het si däicht, ähnlich mache wi bim z Nüünizie. Schön ei Zug nach em angere tue, ohni dass der anger merkt, wo me hi zaalet, bis me ne dert het, wo me ne het wölle ha. Churzum het si ihre Plan fertig gha u verpütschiert, es bruucht da niemmer öppis z merke dervo.

Scho der sälb Abe het si agfange u het der erscht Zug zoge, wo der Oberlütnant isch cho zum Huus zueche z dragunere. Es het's grad preicht, dass si uf em Stägesatz usse gstange ischt. – Eh, er heig eigetlich o nes schöns, schöns Ross, si däich's jedesmal, wen er mit derhär chömm. Un es düech eim wääger, das sött fasch Möntscheverstang ha u chönne rede, so gschyd u fromm lueg das dry. Si heig no sälte es settigs gseh. Dermit het si dem Rössli es Zückerli häre uf der Hang, u der Offizier uberchunnt o so öppis wi nes Zückerli. Eh, si syg ja afe e alti Frou u dörf ihm das scho säge, ohni dass er'sch bruuch ungärn z ha, aber we eine so schön chönn ryte, chönn si fasch nid luege gnue. Er heig allwäg gwüss o scho Pryse ubercho für ds Ryte. Dermit tätschlet si em Rössli der Hals, u der Offizier het's grüüsli gfröit, dass so ne angfährti Purefrou o no chly Verstang het für di vürnähmere Sportarte. Är hätt das gar nid hinger ere gsuecht gha.

Ds mornderischt het si grad der Stägesatz gwüscht, wo der Offizier isch derhär cho. Er het no fründtliger ggrüesst weder süscht, u das gschyde Rössli ischt itz scho ganz von ihm sälber zum Stägesatz zueche zäberlet. Gfeligerwys het d Mueter scho vorgsoret gha un es Zückerli chönne us em Schöibesack näh. «Sä, Gluschtsack!» lachet si u flattiert ihm. Ob er nid chly öppis Znüüni möcht? fragt si derby der Offizier. Es düech se dä Morge grad z grächtem chalt u fröschtelig – es heisses Gaffee tät eim guet. Si hätt grad chochigs Wasser, er söll hurti i d Stube cho, er wärd däich dä Vormittag nid der Huuffe versuume. E wohl, er söll nid Kumplimänt mache, u cho.

Der Offizier hätt wääger nid dörfe absäge, wen er scho wölle hätt, ohni d Mueter höhnni z mache. U das het er nid begährt. U derzue – wär wett da chönne Nei säge! Es het der Mueter fei e chly gliechtet, won er ischt abgstige – u ygstige.

Aber itz het's ere e wüeschte Strich ggä dür ihri Rächnig, wo dä Meierli chunnt zueche z springe, d Schue zämechlepft u dem Offizier ds Chöli abnimmt. Dass dä aber scho ume muess d Nase z vorderischt ha! Hätt itz das nid der anger chönne, anstatt mit der Träichimälchtere gäg em Schopf zue z loufe? E sövel dumm muess me de ga tue, we's um d Gfreiteschnüer geit! Si chönnt ne struble, dä Gärberli.

I der Stuben inne isch meh weder nume es angfährts Znüüni uftischet worde. Das wär de absolut nid nötig gsy, het der Offizier wölle abwehre. Aber d Mueter het ihm zuegredt, er söll itz nume näh, wen er mög u we's ihm guet gnue syg. Es fröi se, wen er brav zuespräch. Eh, mi syg halt o gar grüüseli froh, dass me so gäbegi Mannschaft heig i ds Huus ubercho. Es syg eim gwünd im Afang no zwider gsy, mi chönnt's de da halt mängisch ganz schlächt preiche. Aber itz syg me gwünd eso wohl mit ne, mi chönnt's nid besser wünsche. Das fröi ne, seit der Offizier, aber ds Danke syg eigetlich uf ihrer Syte. Eh nei, het d Mueter d Kumplimänt gmacht, mi heig ja mängisch grad no Hülf von ne. «Itz grad da dä Gärber, oder win er heisst, dä tuet eim gwüss zum Gfalle, was er cha. Er mahnet mi albe grad a üser Buebe, wo itz halt wääger Troscht o im Dienscht sy. – Aber itz treichit doch nid so feischtere Gaffee, Herr Oberlütenant, es isch doch no chly besseri Milch!» u dermit het sen ihm vo der schlegeldicke Nydle nachegschüttet. Eh – was si no heig wölle säge – eh wohl, wäge däm Gärber, dä chönn itz doch am flinggschte Ross putze, wo si afe einischt eine gseh heig. Si chönn wääger albe nid angersch weder ihm zueluege zum Chuchipfäischter uus. U de syg er gäng so ne ufgheiterete u zfridne. Settig Soldate sygi de scho e Wohltat. Sie heig scho mängisch däicht, dass dä nid syg Ungeroffizier worde! Ömel der Charakter derzue hätt er. Düech se. «Itz näht mer doch no es Schlüüfchüechli ab, Herr Oberlütenant!»

«Merci, merci, Dihr verwöhnet mi!» macht der Lütnant. Ja, dä Gärber syg ke üble Burscht – es syg nume schad – er heig chly zweni Spöiz. – Aba, scho ume öppis, wo se wüescht i Hingerlig bringt. Es het ere ganz e Schlag ggä. «Jä so!» seit si, «Dihr meinit, wil er schi nid so zueche lat? Jä luegit, das isch nid öppe der bös Chopf, das isch meh ne Schüüchi. Er syg gloub da so näbe-usse deheime. U de ischt er allwäg o no ganz e junge.» «Das chönnt ja no sy», git der Lütnant zue. Ja, dä wär re ömel nid zwider, wen er scho ihre wär, besseret d Mueter no nache, u dcrnah het si vom Wätter afa brichte u was der Radio dä Morge vom Chrieg gseit heig u was früsch ume syg grationiert worde.

«So», däicht si, wo der Offizier isch ggange gsy, itz sött si däich uf alls ueche däm Gärberli no luege der Spöiz byzbringe. Das ischt ere itz no fascht am zwiderschte gsy. Aber si hett si nöie nie gwahnet gha, unverrichteter Sach umzchehre.

Am Abe het ere der Draguner Gärber Bschütti i Garte gstosse. Si heigi de richtig schon e gäbige Oberlütenant, het si ne aghoue, si heig bis dahi gar nid gwüsst gha, wi ne allgemeine dass das syg. Mit däm chönn me ja rede, wi mit eme angfährte. Aber – – ob är öppis uber ihn heig? «O nei, nid emal!» seit der Draguner u het d Mueter chly verwungeret agluegt. Eh, es heig se drum scho mängisch düecht, er begähr gar nid mit ihm z rede u mach si dänne, wen er chömm. Un er heig ihm's o schier übelgno, wi si gmerkt heig. Itz isch der Draguner doch chly erchlüpft. Jä, das fass dä nid guet uuf; aber es sygi anger gnue, won ihm fasch d Füess abtrappi u si wölli wärt mache byn ihm. «Aber uf dir het er drum gar vil», tuet d Mueter e guete Zug, «das het er mer de grad sälber gseit.» Das chlynne Lugeli wärd öppe ke settegi Sünd sy, het si däicht. Das rächni me zu de Chriegslischte, u die sygi ja erloubt. Aber meh cha si itze nimme säge, itz muess si d Natur la mache.

Scho ds mornderisch het si gseh, wi der Offizier di lengschti Zyt mit Gärbere brichtet het; am angere Tag het si zuegluegt, wi Gärber isch zueche gstoche u ds Manndli gmacht het vor em Offizier un ihm ds Chöli abnimmt. Mo-mohl, er chönnt, wen er wett, dä Gärberli! Das gsäch ja de ne Bling, dass da öppis gände-ret het, der Offizier het der Soldat gsuecht un ihm gluegt neecher z cho, u der Soldat het si nimme gäng drückt, win er'sch süscht gmacht het. Es düecht se, si sött di Sach itz chönne gsorgeti gä, si het ihrer z Nüünizie-Chnöpf dert, wo si se het wölle ha. Es fählt es Nüt, so isch der Gägespiler yta u wird Geisshirt.

Aber ds Härz het ere glych no gchlopfet, wo der gross Momänt isch nache gsy, u mit Hange u Bange het si ihrne Draguner nache gluegt, wo si zum Houptverläse sy. Oh – – si cha si guet vorstelle, wi's dene wird sy, wo wette un es Vermöge uf ene Charte setze. Si het ömel müesse ga Tropfe näh.

«Das Ygricht het allwäg doch gfunktioniert!» Es ischt ere ganz e heisse Jahn dür alli Glider gfahre, wo si ihrer Soldate gseht ume cho. «Luegit itz dä Gärberli!» Sövel gstrackte het si dä no nie gseh loufe. «Mir hei de ne früsche Schmalspurkorpis!» rüeft eine. Das hätt ja nes Ching chönne errate, wele dass es ageit. Dert ischt er gstange, ihre Gärberli, u het glachet, dass men ihm d Zäng fasch hingeruus gseh het.

Aber der Mueter ischt itz ds Bluet o no i d Bäckli gschosse, u ds Gwüsse het se o no wölle afa plage, wo si gseht, wi Meier näbe zueche e Trümel macht u der Stahlhälm vor Töibi lat uf d Bsetzi yche flüge. Eh – mi müess ihm de öppe o ne Gfalle tue derggäge, het si ihres Gwüsse gschweigget; aber für ne Gfreite hätt er nid passt – u das hätt er nid.

«Chömet doch de hinecht no chly i d Stube!» het d Mueter ihrer Soldate gheisse. D Meitschi hei o no öppis vo Abesitzle u Tanze gseit, we me doch e nöie Gfreite z fyre heig. Ja – er sött däich de no e Näjere ha, drückt dä vüre u ziet di nöie Bängeli us der Täsche. Scho wott d Mueter dernah recke – schliesslig –, aber da gseht si, win er gäge ihrem Meitschi zue geit u das alächlet: «Tätisch du mer sche öppe anäje, Änneli?» «So? Isch das itz öppe no so? Het er öppe de no destwäge so ghulfe Wösch abnäh u bim Wybervolch der Chum-mer-z Hülf u Trabant gspilt? Un isch am Sunndig nid vo Huus, dä heimlifeiss Tuusigwätter dä! Soso! – Ja itze. – Verdienet het er ömel di Gfreiteschnüer, da git's gar nüt z brichte.»

Speter het der Oberlütnant der Mueter der nöi Gfreitnig no sälber vorgstellt u nachhär ganz im Vertroue zue re gseit, der Draguner Gärber heig si itz i der letschte Zyt rächt nachegmacht u der Chnopf ufta. Si bsinn si vilicht no, si heigi einisch uber ihn gredt. Er syg nachzueche e Muschtersoldat worde. Mi chönn se ja scho erzie, di Bursche. Un er heig ihm du es gwichtigs Wort zueche ta bim Houpme, dass er d Gfreiteschnüer heig ubercho. Er dörf's scho säge, er heig se ihm z verdanke, es wär zerscht en angere vorgseh gsy.

D Mueter het nid emal blinzt, wo sen ihm het abglost. Eh, das syg öppe schön, we di Höchere der rächt Verstang heigi, rücmt si. Vilicht het si chly schynheilig dry gluegt derby –, u re no bal ybildet, si heig es guets Wärch ta.

Puur u Chünegi

Es ischt im Vierezwänzgi gsy. Denn sy der rumänisch Chünig u d Chünegi mitsamt allem Zuebehör u Züüg u Gschichte i d Schwyz z Visite cho. Mi het scho lang dervo gläse gha im Blettli. Es gäb allwäg schröcklech e grossartegi Sach, mi wöll ne di schönschte Ort zeige, u der Bundesrat wöll ne de rächt Ehr atue u der Chratz mache. He nu, das sölle si ja nume mache, het der alt Wüeterich gseit, ihn gang das nüt a u mach ihm weder chalt no warm. Nume sötte si's mit de Chöschte nid ubertrybe. Mi wüss ja, wo d Regierig ds Gält zu settigem här nähm. Ömel nid us em eigete Sack. Weder miera, es syg ja öppe der Bruuch u Astang, dass me nid z gytig tüej. Dermit, het er gmeint, syg di gherrschelegi Visite für ihn abta.

Aber si hei äbe z Bärn inne no öppis angersch abgchartet gha. Wüeterich-Drätti het schuderhaft afa balge, won er'sch verno het: Di höche Gescht gangi de Manöver nache, chömi uf Langnou u vo dert dänne uf Schynne ueche, wo d Manöver sygi. Öppis tüüfels Dumms eso! Da wärd me itz dene frönde Lüte prezys alls ga zeige, dass si's nachhär nache machi u eim zletschtamänd no ubertüsli u unger e Duume nähmi! U d Langnouer hei la verlute, si zeigi de ihrer Chäschäller u hei's o no für Grosses gha. Ob si ne ächt ds Kassegält o spienzli, het Wüeterich giftelet, he – so sölle si ne ds Schlüsseli derzue o no grad gä. Si chönni de grad äbeswägs zueche, we si's einisch wölli cho bhärde. Dass me doch o nid gschyder syg!

U dernah isch no einisch öppis cho, wo Wüeteriche no z volem het i Töibi yche brunge: Mi müess de sy Schese ha, für di Herrschafte vo der Strass dänne uf Schynne ueche z füere, mi chönn die nid mache z loufe, u mit dene grosse Outo chönne si nid ueche fahre. «Ne-ne-nei», het Wüeterich scho bim erschte Satz afa abwehre, mit däm wöll är nüt z tüe ha, si sölli da settig frage, wo öppisem eso meh dernah fragi weder är. – Jä, es syg eigetlich scho meh e Befähl, mi dörf da gwüss nid angersch. D Gmein heig das müesse ubernäh! ischt ihm der Bscheid worde. Er söll itz da nid tromsigs drystah. – «Jä – u we si de sött la gah? Di Schese ischt nimme, für Staat z mache dermit, u de het me se lang nüt bruucht, di ma der Pantsch nimme erlyde – wi gieng de das – wär wär de guet derfür, we si im Fal sötti ungfelig wärde dermit?» het Wüeterich gresiniert. Di Schese syg no eini vo de Bessere, het's gheisse, un i d Chrott chöm är da nie u nimmer. Eh so also, so chömm me se de am Abe vorhär cho reiche. Ross u Fuerme stell de ds Milidär. Nume öppe chly bürschtet sött si de sy u ds Rytgschir i der Ornig un öppe e rächti Geisle derby! «Mi sött se däich no la ubergülde!» het Wüeterich bouelet. Eim settig Chöschte u settigi Umuess ga anne z mache! We's no für ne Bundesrat wär, so hätt's no ehnder e Gattig, aber eme Chünig bruuch är nid Heer z säge, u ihm chündti kene e rote Rappe.

O bhüetis, da het er lang chönne balge. Di Junge hei d Schese scho us em Wageschopf use gno u sy mit Bürschte u Lümpe derhinger, hei gsalbet u griblet u gglänzt, u der Sattler het halt doch zueche müesse u ds Rytgschir i d Hüple näh, un e nöji Bogegeisle, wi se d Müschterler u d Chäshändler hei, het müesse gchouft sy. Bsungersch d Meitschi sy fasch chly us em Hüsli use cho wäge der Chünigsvisite. Wi das e Ehr syg für di alti Schese, we nume grad d Chünegi i dere tät ryte! Aber de müesst me se nachhär i Glasschaft yche stelle zum ewige Angedänke. Itz isch ne der Elter doch afe uber ds Muu gfahre, ob si si nid schämi! Ob si nüt meh vo der Schwyzergschicht wüssi? Ob si nimme wüssi, wi si früecher d Chünige u d Landvögt heigi zum Land uus gjagt oder mit em Armerischt heigi erschosse? U itz füer me se i der Schese desume u läck ne fasch d Wichsi ab de Schuene. Das syg aber einischt es Müschterli vo der hüttige Wält, das glych aber ume einisch dene Here z Bärn inne. U d Langnouer u di hiesige Gmeinrät sygi ke Dräcksbrosme besser. Süscht hulfe si nid settige dumme Züüg mache.

Aber wo du Drätti no gmerkt het, dass syner Lüt, ohni bis a d Mueter, im Sinn hei, däm Wäse nache z loufe, uf Schynne ueche wei, für der Chünig u d Chünegi z luege, uberhoupt so rächt wei ga d Gwungernase fuettere! – Morn wärd de Haber gsteinet, het er scharpf bifole, oder ob me's hüür grad wöll la sy? Es düech ne, si sötte si nid derfür ha, ame helige Wärchtig u we me nid vor z tüe use gsej, für nüt u wider nüt i der Wält ume z lauere. D Mueter het bis dahi nid vil gseit gha. Aber itz het sen ihm doch abbroche. Er söll ne doch das Fröideli gönne, si heigi doch de mängisch hert gwärchet, dä Hustage. Das Haber-Steine spring gwüss wäg eme Tag twäge nid furt. Aber e Chünig un e Chünegi gseje si vilicht ihrer Läbtig nie meh. Ihri Schweschter heig synerzyt der Dütsch Cheiser o gseh u heig no mängs Jahr nachhär dervo gwüsst zbrichte. – Ob si itz o no nid gschyder syg, het se Drätti abgrääfet – ömel är, das säg er, wi's ihm syg – für die Sach z luege, gieng är nid uf ds Hüsli hingere.

Weder was treit da ds Abwehre no ab, das wär in e chalte Ofe yche blaase. «Es gieng däich z stärbe, we si sötti deheime blybe», het er brummlet. D Buebe hei ömel d Idee gha, ds Wätter syg verby u hei scho am Abe vorhär bartet, was isch gsy z barte u hei de Meitli bifole, si sölli ne Sunndigschue wichse. Ob si öppe der Chünegi no bigährti z gfalle? het ne der Elter trümpft, ob si öppe meini, die syg us angerer Materi weder angfährts Wyber-volch? Ömel schuder-schuderhaft schön agleit syg si allwäg, hei d Meitschi gseit – oh – si mögi fasch nid gwarte, bis es morn syg.

«Es geit Drättin eifach gäge d Natur!» het d Mueter gseit, wo si ghört het, win er d Tür zueschletzt. Aber si het uf de Stock-zänge glächlet: Si het's scho mängisch chly ghöre wättere; aber ygschlage het's nöie no nie, u si het o itze nid Angscht dervo.

Am Morge druuf het's früech Tagwacht ggä. Aber was het das Wätter für ne Falle gmacht? E Chünig im Land u Meie, u strüberet u schneit, was ache ma! D Mueter het gwüss für sche müesse jammere, wi's das dene itz ömel o schlächt preich. Es syg doch guet, dass si Schese heigi u am Schärme sygi. Nume wägem Dussewärche versuumt me itz nüt, wär wett eso ga Haber steine!

Ob em Zmorgenässe isch nid grad vil gredt worde. Di Junge hei bigährt ab der Zetti z cho u Drättin unger de Ouge dänn. Si hein ihm nid begährt no einischt a ds Surbeindli z schiesse. Drätti sälber het ds Muu o nid ame redige Ort gha. Aber wo d Buebe vom Tisch wei, da fragt er sche ungereinisch, ob si o gseh heigi, dass ds rote Guschti schlächt gfrässe heig dä Morge? U de heig's ne düecht, es heig chalti Horn un e trocheni Nase. Es studier eh weder nid a re stille Völli ume. – So, het er doch itz no öppis chönne usbrüete, dass si müessi deheime blybe? – Si hätti bal uverschamt ume gmuulet. «Nei», säge si beidzäme, si heigi nüt angersch gseh, u hei öppe nid aparti fründtlig dry gluegt derby.

Aber Drätti het nid uf dä Chnopf drückt gha, wo si gmeint hei. Er müess däich de grad sälber es Stillvöllibulver ga reiche uf Langnou use, we si ja die Sach im Gring heigi, macht er. Aber eigetlich no gar nid so hässig. U wo di Junge sy use gsy, seit er zur Mueter, er sött däich de grad no barte, es wär de am Sunndig gmacht. U dernah ischt er ga heisses Wasser reiche u het der Bart ygseifet. «Was wott itz Drätti? Öppe o no – –» houe d Meitschi d Mueter a, wo si mit em Spycherschlüssel dür d Chuchi uus ischt. «Ssst», macht d Mueter, «machit dihr itz u gaht de!» Dernah het si Drättin di brever Bchleidig zwägta un es früsch gglettets Hemmli. Un är het mit ker Silbe abgwehrt, nüt gfragt, was seie achömm, ob si mein, er wöll a mene helige Wärchtig uf Langnou use ga der Heer spile. «Er sött däich de e Grawatte o no grad alege, das chätzer Hemmlisförmli gang ihm süscht gäng uus!» seit er. «Eh ja», git ihm d Mueter rächt, «u we de am Änd z Langnou usse no grad söttischt i das Wäse yche loufe!» «Öppe nid!» wehrt Drätti ab, das wär ihm de verflüemeret zwider. Dernah ischt er churzum vo Land gstosse, lang ob di Junge. D Mueter het ihm nache gluegt, won er dür ds Mattewägli uus isch: Pressierte, wi we's ganz bös wär mit em Guschti, u Gsunndigete, wi wen er wett ga Götti sy.

Prezys wi d Mueter am Morgen ihm het prophizeiet gha, isch es Drättin du ggange. Er heig doch minger weder nüt a öppis so däicht gha, het Drätti am Abe brichtet; aber wo är gäge der Apiteegg ueche wöll, stang mytüüri bim Löie obe grad di ganzi Treichlete zwäg; si hätti nume di Sach sölle gseh! Da hätte si de e Ahnig ubercho vo me Chünig u vo gherrschelige Lüte. Wowohl, däm Chünig heig me de der Heer scho agseh! U d Offizier all mit breite Näht a de Hose. U d Langnouer, wo me süscht öppe a jedem Märit gsej, heig er bim Tiller o fascht nid ume kennt.

Drätti isch redige gsy dass nüt eso, dass ihm d Mueter trouet het, er heig däich der Löie nid nume vo ussever gseh. «U de d Chünegi?» fragt itz afe eis vo de Meitschi. Oh, ihne isch es äbe nid ggange, wi si's gärn hätti gha. Mit kem Oug hei si d Chünegi erlickt, wil si wägem strube Wätter z Langnou blibe isch. U o di angeri Sach isch chly zweni zur Gältig cho u unger länge Rägepelerine unger verschloffe.

«D Chünegi», seit Drätti, u macht derzue es Muu, wi wen er guete Wy versuechti, «d Chünegi? Däich wohl han ig di Chünegi gseh, u de no naach, i hätt se fasch chönne arüere, wen i wölle hätt.» U macht ume sys Muu derzue. «Die isch de scho nid zäme z zelle mit angfährtem Wybervolch. I chan ihm der Name nid eso gä; aber mi het ere eifach d Chünegi agseh hinger u vor. U de het se mi de no ganz aparti fründtlig aglächlet.» «Aber, aber», lachet d Mueter, u d Meitli hei enangere gmüpft unger em Tisch dür. «U wi isch si de agleit gsy?» gwungere d Meitschi. «Schön, nume schön», rüemt Drätti. Wi si es Jaggli heig anne gha, heig er nid gseh, si heig da so a re Art e aleflandereschi Schlutüde treit druber y. Aber der Huet, der Huet! Es wüss ke Möntsch, wi mängi Elln Sydebang dass dert syg druffe gsy. Mi chönn das nid beschrybe, dass müess me sälber gseh ha.

«Du bischt itz e rächte Gfelhafe gsy!» seit eis vo de Meitschi. «Das hescht itz no bal em rote Guschti z verdanke!» Es hätt gärn meh gseit, un es het ihm fasch z ganzer Wang use wölle. Aber d Mueter het ihm z rächter Zyt e Wink ggä, für schi z züpfe. Ja, ömel nacheglüffe wän er der Sach nid, macht Drätti. Aber er heig ömel nid blinzlige dür ds Langnou-Dorf düre chönne. Da heige si grad es Byspil, wi's gah chönn, we me mein, mi müess dürhar d Gwungernase zvorderischt ha. De gang's eim äbe de, wi hütt. Weder ds Beschte syg ja a der ganze Sach, dass es em Guschti schön glugget heig, es heig ömel ume gfrässe u syg ufligs. Es heig allwäg am Morge e Gablete schlächts Höi im Bare gha, drückt eine vo de Buebe vüre, es hätt ihm vilicht ohni Trauch o besseret. Kes vo de Junge het ds anger dörfe aluege, süscht hätte si müesse pfupfe u hätti ds Lache nimme chönne hingerha. Aber Drätti het i allem Ärscht u mit der nötige Distanz gredt. Si sölli nid so dumm rede, es syg gäng besser, we me z rächter Zyt zu re Sach tüej. He itze, dä Tag syg ömel nid verlore, u wen er ne chönnt umenäh, miech er'sch däich no grad einischt eso, het er sy Bricht gschlosse.

Ds Jahr druuf sy vo der Chünigsvisite Bilder i der Brattig gsy. Zu dere wärd de Sorg gha, het Drätti befole. U het ume afa brichte, wi di Chünegi e gäbegi Frou syg gsy un e hübschi. Settige sygi de nid dick gsäjt. Es fröi ne no lang, dass er'sch grad zue re preicht heig z Langnou usse. U vil Jahr speter, wo's gheisse het, di rumäneschi Chünegi syg gstorbe, da het däm alte ruuche Wüeterich-Drätti fasch d Stimm glougnet, won er het gseit: «Um die hingäge isch es ärdeschad. E Chünegi ischt immerhin e Chünegi.»

Hubel-Bethli im FHD

Richtig, im zweite Wältchrieg, wo afe gottlob hinger is ischt, spilt das Gschichtli vo Hubel-Bethlin. Es isch nid öppe ygrückt gsy u het ke Armbinge treit; aber es ischt ihm di ganzi Zyt düre nie angersch vorcho, weder äs tüej o Dienscht, stang o ame wichtige Poschte, syg o ygranget, für z hälfe u z wehre, dass dem liebe Schwyzerländli nüt chönn passiere. U isch doch nume e Purefrou gsy.

Hans het müesse yrücke, äs ischt i d Lücke gstange. Hans het si nid müesse hingersinne wäge deheime, es gang alls z flöte u kabutt. «Bethli wird scho luege», het er si chönne trööschte. Das junge Froueli het si mängischt sälber müesse verwungere uber di Chraft, won ihm fei so i d Arme u i Chopf gschosse ischt. Wi hätt es süscht alls möge verbringe, was ihm itz ischt uferleit worde! Es syg gäng für alls gsorget, het es mängisch müesse däiche. Wo-wohl, es gang scho, het es Hanse gschribe. Eh, si hei dä Hans gwüss no nötig a der Gränze, es hätt si nid derfür, gäng wäge Urloub z chlöhnne.

Ob es das Wort «Defaitismus», wo ungereinisch ischt i Umlouf cho, o einisch ghört het? I chönnt's nid säge. Aber das Gstürm, wo's im Vierzgi-Summer ggä het, das ischt ihm o z Ohre cho u ischt ihm gäge alli Natur u alle Gloube ggange. Ds Milidär syg gloub alls vo der Gränze furt cho, d Bunker u d Tankspeerine im Stich gla, ke Möntsch lueg meh derzue. U heigi so gchoschtet, u für das heige si i Dienscht müesse, destwäge heig me si deheime fascht müesse tööde. Di Höhere heige si i de Bärge inne versteckt. Mi sing itz nimme: «Wo Berge sich erheben», es heiss itze: «Wo di Hohen sich verbergen.» Ds angere wöll me schynt's alls prysgä. Ja, es hätt o ke grosse Sinn, si no z wehre, der Dütsch chruti ja alls zäme, da syg Wehre uus. Ds Schwyzli syg i däm Rüebmues inne wi ne Flöige ime Milchgebsli.

«Nei!» – Bethli het si ganz gstabeligs gmacht, wo's das ghört het. «Nei!» das gloubt äs nid, no lang nid. Das freine Bethli hätt se vorewägg chönne uber ds Chnöi näh, die, wo däwäg gredt hei. U was sött me de no chönne gloube? Für was bös ha vo eir Tagheiteri zur angere, we das alls Lug u Trug wär, wo me vo Ching uuf dranne ghanget ischt! Für was hätt me de nes Rütli un e erschte Ougschte? Für was e Fahne mit em wysse Chrüz, wo me fascht i d Chnöi möcht dervor? «Nei» es gloubt eifach nid a ds Gred, wo eim e sturme Chopf un e lahme Arm mache chönnt. D Regierig u der General wärde scho wüsse, was si mache.

Es ischt ame Rägetag zwüsche Höiet u Ärn gsy, ds Mannevolch isch nid usgrückt u het deheime ume öppis gnirbet. Us em Chemi ischt es Röichli gstige u het verheisse, es gäb de churzum Zvieri. Im Strässli äne het eine d Uhr vüre zoge. «Halbi Vieri», macht er für ihn sälber, lächlet u het dür e Mattewäg y gäg em Huus zue. Er het so chly nach eme Halbheer usgseh; ömel Bethli het ne so taxiert: Ds Hemmli gäng chly gschmuslig trotz em noble Chrage, d Hose, wo hei wölle stedtisch sy, hei Würze gha, u di gälbe Halbschue het me besser nid z guet gschouet. Dergäge het er gsalbets Haar gha, u o ds Muu-Wärch isch guet gölet gsy. Es syg uberhoupt ds Beschte an ihm, het Bethli einisch chly räss gseit, won er ihm di feisse Güggle halbvergäbe hätt wölle abläschele. Mi het eigetlich nid so rächt gwüsst, mit was dass er schi derdür bringt. Aber mi het ne no gar nid so ungärn gseh cho, er het öppis gwüsst z brichte, isch desume cho, het d Lüt kennt vom Oberlang bis i Jura u bis ga Solethurn ache. «So, itz vernimmt me de chly öppis», seit eine vo de Chnächte, u Hans, wo es ungrads Mal o isch deheime gsy, git Bethlin e Wink: «Eh, er chönnt däich de grad mit is ässe!» «Mira», seit's u nimmt es bluemets Chacheli vüre u stellt's a läär Platz unger dranne.

Mhm – mi het si nid verrächnet gha, dä Bursch ischt ufzoge gsy. Er ischt scho ärschtig am Referiere gsy, won er mit em Mannevolch i d Chuchi yche trappet.« Eh, grüess di – grüess di Püüri! Jedesmal jünger u hübscher –» ischt er uf Bethlin z dorf. «Du muesch de das Froueli ybschliesse, Hans, we di Dütsche sötti cho!» Hans het glächlet, Bethli het balget, er syg gäng der glych Stürmi; aber es het doch ds Metzgmässer azoge u us em Chuchischaft no der Räschte vom Sunndig-Laffli vüre gno, für dä «Stürmi» z dorfe. Eh, es wird ja süscht nid mit Kumplimänt uberfuetteret, un es ischt o Bruuch, chly öppis Bessersch vüre z gä, we öpper chunnt.

Dä Bradlikant ischt afe so halbwägs zueche ghocket gsy, er het scho gseh, dass no öppis Bessersch z erwarte ischt weder dä halbfeiss Chäs uf em Tisch. Es het ihm nid pressiert, er het si vo der Püüri de no äxtra wölle la zueche heisse. Wär weiss, vilicht chunnt's ere de no z Sinn, der Chirschiwassergutter vüre z gä un es Schwarzes yzschäiche. Er het itz no einisch obefür gschüttet, was er afe het atönt gha: «We di Dütsche chömi.» «Was tüüfels seisch du da? Was meinscht?» fragt Hans. «Ja, luegit de nume, das geit nimme lang. Das isch gloub alls abgredt mit em General u dem Bundesrat. Destwäge isch kes Bei meh a der Gränze. Si hei allwäg e schöne Judaslohn verdienet derby. Es isch höchschti Zyt, dass itz de öpper anger chunnt cho Ornig –» Gäch ischt er ebstoche. Was macht itz d Püüri? Ihm ds Chacheli vor der Nase dänne näh? Myseel, si stellt's ume i Schaft yche. Was söll itz das sy? Er het ume wölle wyterfahre – – ja, di Dütsche, die machi de scho Ornig, dene chönni di höche Here de nid vortheatere, wi si de dumme Schwyzer tüej. Aber itz het er ds Trom ume verlore – itz tuet das Babi o ds Laffli i Chuchischaft yche u dräjt der Schlüssel zwuri um für einisch. Der Schlüssel het derby hassber u schadefroh göisset. U d Püüri! Stäckebärg – mi chönnt se fasch förchte! Si het e füürrote Chopf; ihrer Ouge glitzere, u i der Hang het si no ds grosse, früsch gwetzte Metzgmässer. Süscht het er'sch gha wi ne Chatz u isch gäng uf d Füess gheit, itz het er myseel bal müesse wäbe, bis er ume Bode gspürt het. «He-he», macht er, «he-hem, es wird ömel so brichtet!» Aber won er gseht, wi der Bueb hinger em Tisch fasch erworglet vor Lache u Hans i eim furt z läärem schlückt u me gseht, dass es ne schier verspränge wott, u d Püüri gäng no dry luegt wi d Helvetia im Grauholz, u kes Wort seit, da het er ungereinisch begriffe, dass di Sach itz ändgültig verchachlet ischt, dass ds Chuchischafttööri nimme ufgeit. «Eh der tuusighagel», macht er, tuet wichtig u steit uuf, «i ha ja ganz vergässe, dass i am Vieri eine träffe söll im Pintli vor. I muess gah, nüt für unguet – adie!»

«Adie!» seit der Puur; aber niemmer seit, wi's süscht der Bruuch ischt, «es angersch Mal!» Aber Bethlin ischt itz d Sprach o ume cho. Ob si abräntet sygi, het's ds Mannevolch apfipft, ob si nüt angersch z tüe heigi, weder eme settige Stürmihung abzlose? Warum dass me e settige nid i d Chefi ghei? Dä schad meh weder eine, wo stähl u Hüser azündti. «Aber Bethli», seit Hans u wott ihm flattiere u di Sach i ds Lächerlige zie. «Er isch nid gschyder.» Aber Bethli het no itz fasch brunne: Nei, gäge settigs wehr es si, u we's mit em Metzgmässer müesst. «Du hesch rächt», seit itz Hans ärnschthaft, «lueg, da i der Zytig steit grad en Artikel, lis ne de. Weder – du hesch es eigetlich nid nötig.»

Derwyle ischt eine gäge der Pinte vüre gschuflet u het vor schi anne gfluecht. Är hätt si sälber chönne bim Gring näh. Stärneladli, da het er itz e schöni Chalberei gmacht. Er het ja o nume nachegseit, was er het ghört brichte. Eh, vilicht het er sälber o no chly öppis derzue ta. «Aber so sy di Wyber, alls lege si grad uf d Guldwaag.»

Sider het si itze ds Blatt dräjt, der Chrieg isch verby, ds Milidär ischt etla, sogar der General het abggä. Aber Hubel-Bethli isch gäng no uf em Poschte, es wehrt si o itze gäge alls, wo das wott ache tue u z schange mache, wo äs dra gloubt u druuf hoffet u derfür ysteit, wil es gspürt, dass me si dert cha dranne ha, gang der usser Luft oder d Bise. Es blybt allwäg syr Läbtig im FHD.

Änneli

Wo si im Äbnit zu ihrne dreine Buebe, wo teilwys scho i d Oberschuel sy, no nes Meitschi hei ubercho – es Änneli – hei si d Lüt fascht nid mögen uberha z säge, dene gang's doch itz grad prezys gäng, wi si's gärn heigi. Mi het ne's ja wytersch scho möge gönne. Aber mi cha sälber usrächne: Für jede vo dene Buebe ischt scho nes Heimet in Ussicht gsy; aber für ne vierte hätt me gwüss grad nüt Gäbigs gwüsst. Der Jüngscht wird einischt uf em Äbnit zuefahre, der Eltischt uberchunnt ds Heimet, wo d Mueter isch deheime gsy, wil dert ke Bueb ischt. Der Grossvatter ma ja scho itz fascht nid gwarte, bis er nachen ischt. U für e Mittlischte zellt me uf e Hof vom Götti, wo kener Ching het u niemmere, won ihm neecher verwandt ischt. Mi het scho chly mit däm grächnet, wo me ne tschämelet het. Un er het schynt's scho meh weder einischt la düregugge, er heig ihm's la zueschrybe. Ja, für di Buebe ischt gsorget, besser nützti nüt; aber wi gseit, e vierte hätt ne di glatti Rächnig verhüenneret. Drum cha me si vorstelle, wi wärt dass das Hingernachebohni cho ischt.

Lysi, d Mueter, e gräschlegi u tüechtegi Frou, het zwar zerscht no schier wölle wunderle, wo si gwüsst het, dass si ds Chindszüüg no einischt muess vürenäh u vor afa mit Goume. Aber itze het si chätzigs Fröid a ihrem Meiteli u het scho im Bett Brattige gmacht uf das chlynne Wäseli hi. So ne Tächter steit de ere Buebehushaltig ganz bsungersch wohl a! I Gedanke het si der Flachsblätz scho nes Ideeli grösser abgsteckt weder süscht – bhüetis – si sy ja uf der Stell dobe, di Meitscheni!

«Sött i ächt das Tächti nid es Rüngli unger e Tisch lege?» fragt d Hebamme i ihrer Gedanke yche. «Süscht geit's ihm däich de einischt nid ring, si z ungerzie u z folge!» Si fragt's us Gspass, mi merkt's scho. Aber si het gäng no chly z chriege gäge alte Chuchigloube u lat gärn hie und da e Träf la lige, u bi Lysin trifft's nid hunderti dernäbe. Das hocket gäch uuf u fat a balge – o bi ihm ischt Gspass u Ärscht binangere: «Nimm di zäme, Hebamme, u tue mer öppis vergausere, üsersch Meitschi söll einischt sys Tüllerli grediuuf trage! Das wär mer de afe!»

Dernah hei si beide müesse lache, u d Hebamme, wo's doch de nid het wölle verderbe mit Lysin, het afa rüemme, wi nes guetgmodlets Jümpferli das Änneli syg. Si müesst si wüescht trumpiere, we das einischt nid ganz es Hübsches gäb.

Di gröscht Fröid a däm Meitschi het eigetlich no der Vatter gha. Lysi het ihm süscht mängischt vürgha, er syg e Tröchni, un itz düecht's es, er tüej fascht e chly chindtlig. Het er nid däm Äbebürtige, won er z erschtmal i Chindschorb ache gluegt het, achtfachi Göllerchötteli un es silberigs Sackührli versproche! U het nachhär bheetet, es heig das Chrottli glächeret.

Wo Lysi ume uuf ischt gsy u freis Spil het gha, het es d Sach ume sälber i d Hang gno u däm chlynne Änneli der Läbeswäg no gluegt z äbne u ds Redli der rächt Wäg ume mache z gah. Nützt es nüt, so wird es o nid schade, un es het no gwüsst, was me mache muess. Im Vollmon het's Ännelin es Schübeli Haar abgschoore – es ischt gfeligerwys grad no Widder gsy – dass es heiterhäärig wird u Chrüüseli uberchunnt. Un es het's einischt ghörig ygrumpfet, ob es sächs Wuche alt ischt gsy, das wott säge, vom Chöpfli bis zu de Füessli i der Ornig agleit, mit Röckli, Chäppeli u Schüeli, dass ihm einischt de d Chleider rächt wohl astangi. Won es si het afa achte, het es ihm ds Spiegelmeiteli zeigt – es Meitschi – u de no eis vom Äbnit – söll chly öppis uf sich ha! D Gotte het o no gwüsst, wi me dem Guetgah cha nachehälfe u het zum Ybung i Toufzödel Sydefade vo allne Farbe gleit, dass Änneli es gschichts gäb i der Näjschuel. U dass rächt lut u schön ischt gsunge worde a der Toufi, da derfür het der Götti gsorget. Dass Änneli o dernäbe sy Sach het gha, win es si ghört u wi's denn ischt Bruuch gsy, versteit si bi däm gwaglete Müeti von ihm sälber. So ischt nüt versuumt worde, dass us däm chlynne Änneli es grosses u gfröits Anna het chönne wärde.

Un es het gwünd öppis abtreit! Mi het nid gschwing es hübschersch Ching gseh. Chruselhaar het es gha, Lysi hätt si das nid sydiger u guldiger chönne vorstelle, u gwachse isch es wi nes Wydli. Gfählt het ihm sälte öppis, we's eim scho chly nes zimpfersch un es brings düecht het, näb dene grosse, ehnder grob-gschnätzete Buebe yche. Es isch gar kes Wunger gsy, dass alli chly hei der Naar gfrässe gha an ihm, u bsungersch bim Vatter het's ordli vil Rächt gha. Lysi het mängischt afe müesse abwehre, wen er ihm jedesmal öppis gchramet het, wen er vo Huus ischt. «Du vergwennscht eifach das Meitschi, das ischt einisch de bös nache z ha für ne Ma, wen ihm scho itze däwäg ghöfelet wird!» Aber der Vatter het nume glachet, a settigs müess me doch itz nid scho däiche, ömel itze syg ds Meitschi no sys. Jä lue, kes het ihm so gflattiert un ihm der Trapp gwüsst, wi äs, kene vo de Buebe het ihm so uf ds Wort gfolget u ne sövel weni z balge gmacht. Das ischt äbe no ds Schönschte gsy a Ännelin, dass es nid öppe e meischterlosige Strupf ischt worde dertürwille. Ds Gunerääri! Mi het's scho vo chlyn uf ring gha mit ihm, i allne Teile. Mi het das fründtlige, liebe Ching eifach müesse gärn ha.

Es isch der Lehrere ömel o so ggange, won es i d Schuel ischt. D Buebe sy mängischt chly ungregeliert Trible gsy, u das Änneli füert si itz däwäg manierlig uuf! Si het si ganz müesse zämenäh, dass sen ihm nid z fascht het der Vorzug ggä. Ja, da het me wohl dörfe säge, si heigi denn Gfehl gha im Äbnit, wo si Ännelin hei ubercho.

Aber het me nid scho früecher dervor gwarnet, settigs vor ds Muu use z la! Äbe – wäg em Gfehl ha! Es chönnt süscht uber Nacht ganz gäch u ungsinnet ändere.

Mi het nachhär nie ganz sicher gwüsst, wo Änneli das grüüslige Fieber ufgläse het, u was d Ursach ischt gsy derzue. Ei Tag isch es ganz schlampigs us der Schuel hei cho u het uber Halsweh u Durscht gchlagt. U d Chnöi tüejen ihm weh. Mi het ihm's agseh, dass's ihm nid guet ischt; syner Ouge hei alle Glanz verlore gha. D Mueter het's enangerenah i ds Bett gmuschteret, het ihm en Essigumschlag gmacht um e Hals un ihm Hullertee agrichtet, dass es di Sach chönn useschwitze. Es wärd öppe ame Ort bimene Dräckglünggli Wasser trouche ha, het sen ihm zuetrouet. «Wää-ger nid», het Änneli gseit, «nume bim Schuelhuus, won i bi durschtig gsy.»

Me het eigetlich nid wytersch a öppis Bös's däicht. So Purscht hei ja hurti chly Fieber u Halsweh. Das wärd de bis am Morge scho ume bessere. Süscht müess me de Flachssame choche u uflege, het Lysi si vorgno. «Oder der Tokter mache z cho!» angschtet der Vatter. Es het ne düecht, sys Änneli syg erschrök-kelig chrank. Aber Lysi wehrt ab, es weiss wääger fascht so vil wi mänge Tokter, un es düech's eifach gäng, so gwüss dass me e settige müess derzue ha, so gwüss syg es bös. Das heig es itz scho z mängischt erläbt.

Aber am Morge isch es gäng no nid guet gsy, we Änneli scho plääret het, es wöll d Schuel nid fähle. Es het der Mueter gar nüt wölle abnäh, wo si mit em Zmorge cho isch. Halsweh heig es zwar nimme; aber süscht tüej's ihm a allne Orte weh, u won ihm d Mueter het wölle ds Chüssi zwägzie, het es afa oiele u re der Gottswille agha, si söll's nid arüere. Eh, was söll itz afe das sy? Oh, es ischt Lysin nüt Guets i Sinn cho! Da wird doch der Tokter zueche müesse!

Won er'sch het ungersuecht gha, hei si im Äbnit gwüsst, dass si grüüsli es chranknigs Ching hei. Er het zwar ke rächte Name gseit, nume vo re Infäktion gredt, u mi müess abwarte. – Abwarte! – Was abwarte? – D Angscht het se fascht kabut gmacht, we si das arme Änneli gseh hei, wo z halbzyt ischt veriret gsy, nüt het ggässe u vor Schmärze nid het gwüsst, wie sy. Es heig itz e Glänk-etzündig druus ggä, het der Tokter gseit, er heig's erwartet. Das syg süscht nüt Stärbligs, het Lysi früsche Muet gfasset, däm chönn me scho derfür tue. Aber es ischt lang ggange, mängi Wuche, bis d Schmärze ganz hei abggä, bis ume es Lächle über Ännelis bleiche Gsichtli gfahre ischt, bis men ihm syner verpagglete Chru-selhaar i der Ornig het chönne strähle. Lysi hätt chönne plääre, won ihm ganz Hampfele sy im Strähl blibe: Di schöne, schöne Häärli! «Das macht doch nüt», het Änneli glächlet, «wen i itz de nume gly z Schuel cha.»

Ändtlige isch es sövel wyt gsy, dass me het dörfe dra däiche; Änneli ischt scho paar Tag uuf u nider u het afa ässe. Mi het's no sym Müedsy zuegschribe, dass es no langsam u gspeerig glüffe ischt. «Tuets der ame Ort weh?» Fei mängischt het me's gfragt. «Nid hert.»

«Jä, wo tuet's der de no weh?»

«Chly i de Chnöi.»

Es wärd chly ne Schwechi zruggblibe sy, het Lysi gseit un ihm dernah mit Arnikatinktur gwäsche.

Der erscht Morge, wo Änneli ume z Schuel ischt, hein ihm alli nache gluegt. Der Vatter wär am liebschte mit em Rytwägeli mit ihm; aber da het ne Änneli sälber usglachet, das wär si doch nid derwärt, wäge däm churze Bitzeli. «Warum himpischt du?» rüeft d Mueter ihm ungereinischt nache. «I himpe doch nid.» – «Wohl, du himpischt!»

Äbnit-Lysi ischt der sälb Vormittag mit em Chopf nid bi syr Arbit gsy. Heiss u chalt Jähn sy dür is gfahre. «Änneli himpet! – Myn Gott doch o! – Das wird ihm doch wohlöppe ume vergah! Ach, es wird allwäg doch nume d Müedi sy – mi hätt ihm's nid sölle nahla, dass es scho ume z Schuel geit! Aber es het gar grüüsli gchääret. Weder mi muess ihm das z Schuelgah doch de no für ne Rung abstecke. Es ischt eifach no zweeni erstarchet! Aber – win es der lingg Fuess nachezoge het!» Es git ihm e Stich, wen es dra däicht – un es cha ja nüt angersch däiche. «Grad prezys wi di chrüzlahmi Näjere im Brügg-Hüsli nide. – Um ds Gottswille – – nei – nei!»

Am Mittag, scho ob's Änglefi glütet het, ischt d Äbnit-Mueter gäng vom Choche dänn ga dür ds Strässli uus luege. Vilicht het se si doch trumpiert gha am Morge! – Ändtlige chunnt's. Himpet's? Si chönnt's nid sicher säge. Aber langsam u chly gstabelig loufe tuet es, äs, wo süsch derhär chunnt z gumpe wi nes Gitzi. Weder was wett ja dervor sy na der länge Chrankhit! Mi muess si ja grüüsli froh sy, dass es ändtlige sövel wyt ischt!

Si geit ihm bis zum Spycher ubere etgäge u erchlüpft früsch ume. Das Ching het Schweisströpf wi Ärbs u öppis Frömds im Blick, wo si süscht no nie an ihm gseh het. «Was hescht? – Isch es der schier gschmuecht? – Gäll, du hättisch no nid z Schuel sölle!» redt si i eir Angscht uf is y.

«I bi – – i bi nume chly müed. Aber i wott morn ume z Schuel!» Dermit schlüüft es der Mueter i Arm u hanget ere fascht chly schwär a ob allem Loufe. Un itz gspürt si's bis i ds blüetig Härz

yche: Änneli himpet – himpet, wi we's eis Bei chürzer hätt. Es
het ere si sälber i alli Glider gschlage. Es düecht se, es chömm
e brandschwarzi Wulche gäg se zue, wo re der Ate wott verha.
«Warum himpisch du, Änneli?»

«I weiss's sälber nid.»

«Dumme Züüg, wäge nüt louft me doch nid däwäg!»

«I cha wääger nüt derfür, Mueter!»

«Fang nid öppe no afa plääre! – Nimm di chly zäme, gäll!»

Im Husegge het der Vatter uf se gwartet. Er seit kes Wort;
aber er nimmt das grosse Meitschi uf en Arm wi nes Fääschiching.
Un itz fat es doch afa plääre – u we me guet luegti, so hätt o
der Vatter Ougewasser. – Ob allem muess er a Ännelis Toufitag
däiche. Denn hätt Lysi wölle dürezwänge, dass er das Ching
e Bitz wyt sött uf de Arme trage, ömel bis uber ds erschte Wasser.
Das wär der Bach gsy, fascht bim Dörfli vor. Mit däm chönn er
ds Ching vor mänger Trüebsal bewahre. Ömel früecher heige si
das gmacht. Aber er het nie vil uf settigem gha, un är hätt si gar
nid derfür, e settegi Kumedi azstelle, we ds Schesli zwäg ischt
für mit der Toufi z fahre, wi's der Bruuch ischt. Halbersch het's
Lysi ja begriffe, u halbersch het's es halt glych plaaget, un es het
ihm's speter no hie un da um d Nase umezoge. Änneli het im
Afang nume bruucht Büüchliweh z ha, so het's ne scho agluegt,
wi we är dschuld wär. – Däicht's itz ächt o dra? Wär's mügli, dass
si itz das müessti etgälte! – Nei, nei, es Möntscheläbe hanget
doch de gwüss nid vo settigem Lütewärch ab, da söll ihm de Lysi
nid öppe no cho Reprosche mache! Oh – er gäb ja i weiss-nid-
was, we das Meitschi ume gsung u munter wär!

Itz het me früsch ume afa toktere. Mi het ke Müej u kener
Chöschte gschoche. U was me scho lang gförchtet het, we scho
nid druber ischt gredt worde, ischt itz äbe doch eso gsy: Es syg
i der Huft e Verstyffig. Weder das wärd scho ume guet cho! Un
es het eim gwüss düecht, es fang starch afa bessere. Es tüej ihm
doch nimme weh, het Änneli gseit. «Luegit, i himpe gar nüt!»
De isch es paar Schritt glüffe, chly gspeerig, het's Lysin düecht.
Es wärd si das itz däich chly agwanet ha. U jede Morge het's
ihm nache gluegt, won es ume z Schuel ischt, un ihm Kunzine

ggä: «Nimm di chly zäme, du chaischt scho, we de witt!» Wen es bim Spycher äne het der Rank gno, ischt d Mueter ume zur Hustür y u het ihri Sach gmacht. Aber es het Ännelin süscht no öpper nachegluegt. Hinger em Bünistor isch der Vatter gstange. Weder er hätt nimme jede Morge hie bruuche z passe, er het ja itze sicher gwüsst, dass Änneli si vor der Mueter zämenimmt un uberhet, u dass es sofort ume der lingg Fuess nacheziet, wen es meint, es gsej's niemmer. Er het der Mueter no kes Wort gseit dervo. Es ischt uberhoupt merkwürdig gsy – si hei eifach nid uber das chönne rede, wil's eifach nid het dörfe wahr sy, dass ihres Meitschi vilicht syr Läbtig lahm muess gah. Wi het d Mueter denn e Husierere abputzt, wo ne Breiammlete het losgla un erzellt het, wi mängi Pärson dass si chenn, wo vo re Glänketzündtig chrüzlahm syg worde.

Ei Tag ischt Lysi näb em Schuelhuus düre, wo si grad hei Pouse gha. D Meitschi hei Ring gschlage, hei glachet u zäberlet, we ume zwöi hei müesse mache weles gleitiger. Es luegt ne e Rung zue. Aber warum chunnt Änneli nie dra? Das ischt me si de hingäge im Äbnit nid gwanet, dass d Ching müessi hingerab näh i der Schuel! Es ma si nid uberha u rüft eme grössere Meitschi, es söll gschwing öppis cho lose. «Warum uberspringit der üsersch Änneli gäng? Tüet der zäme töibbele?»

«Eh nei, aber Änneli isch doch lahms, es cha ja gar nid springe!»

«Wär seit das?»

«He – das gseht me doch! U d Lehrere het o gseit, mir sölli Sorg ha zuen ihm!»

Lysin isch es gsy, es stooss ihm öpper es Mässer i d Bruscht u dräj's no es paarmal zringetum. Was äs nid emal vor ihm sälber het wölle zuegä, das brichte Purscht itz scho für ne Tatsach. All Lüt wüsse's: Äbnit-Änneli ischt lahms.

Am Abe het Änneli no einisch i ds Chrüzfüür müesse. Dasmal ischt o der Vatter derby gsy. Warum dass äs nüt gseit heig, es chönn nid hälfe Spil mache? – Warum dass es gäng säg, es tüej ihm nimme weh – u de glych tüej himpe, dass si d Lüt druber ufhalti? «Nid, nid!» het der Vatter abgwehrt u Ännelin zueche zoge, «aber säg mer itz, warum de nid chaischt loufe, we's der doch nimme weh tuet?»

«D Füess wei mer eifach nid folge, oder ömel der lingg, oder eigetlich ds ganze Bei.»

«Arms – u de wirscht grüüsli müed, gäll!» flattiert ihm der Vatter. Oh, er het es schröckligs Erbarme.

«Warum hesch es de nid gseit?» regt si d Mueter früsch ume uuf. «Itz muess me's vo anger Lüte vernäh!»

«Du hesch es drum ungärn!»

«Was?» Lysi ischt gschlage, es weiss der Ougeblick nüt druuf z säge. Oh ja, das wurmet's u sticht's, es cha nid säge wie, dass ihres einzige Meitschi es settigs Näggi söll ha! Dass syner stolze Plän, won es scho gspunne het, däwäg sölli z Nüüte gah. Das verdräjt's fascht. Weder es ischt ihm itz glych nid am Ort, dass das Ching das gmerkt het. « Es isch doch nid wäge mir», wehrt es ab, «aber es het eifach ke Gattig!» Ds Eländ ubernimmt's.

«Tue doch nid plääre, Mueter, das macht doch nüt wäge däm bitzeli himpe! I der Schuel bin i de angere scho lang ume nache, wen i scho vil ha müesse fähle!»

Vo denn a het si Lysi uberha, dass es nimme z fascht a Ännelin ume gmuschteret het, es söll si zämenäh u nid himpe. Es het ja itz müesse gloube, dass es nid am guete Wille fählt. Derzue het der Tokter, won er'sch no einisch het ungersuecht, no ne Härzfähler usefunge. Es syg nid bös, un es chönn's vilicht no uswachse, u wen es si nid übertüej, chönn es derby alts wärde. Si sölli nid Angscht ha; aber es syg gäng besser, we me wüss, woran me syg. U mi heig itz afe rächt gueti Mittel.

Das ischt richtig ume e schwäre Dämpfer gsy u het ume mängs Stüdeli gmacht z verdoore, wo het wölle i ds Chrut schiesse. Wäg em Gangwärch het me doch gäng no ggloubt, es chönn no z volem bessere oder doch sövel wyt, dass es glych öppe der Wäg chönnt gah, wo me für is het usdäicht gha. Oh, Lysi het drum dem Liebgott scho vil Arbeit abgno gha! Es het scho gwüsst, i welem Huus inne si Änneli einischt am beschte tät mache, di vürnähmschte Puresühn het äs scho gseh gäg em Äbnit zue trugunere. – Itz no das! Es het's früsch ume fascht wölle vertrome.

Aber es het nimme abgwehrt, we der Vater sym Änneli het zum Gfalle ta, was er ihm het chönne a de Ouge abläse. Es wird ja süscht no gnue müesse etmangle!

Der sälb Hustage – Änneli isch denn z Ungerwysig – het Lysi d Stäckli verzrugg gsteckt, wo si d Flachsere abgmarchet hei. «Warum woscht du hüür nume es settigs Flachserli?» fragt der Vatter ganz verwungeret. Süscht het er ehnder gäng müesse ab- bräche. «Ach», macht Lysi, lüpft d Achsle u lat se nachhär mit eme merkwürdige Süüfzger la falle. «Das tuet's däich!» Es het ja nid meh bruucht z säge. Der Vatter het scho gwüsst, was für Gedanke u was für Chummer derhinger ischt. «So, isch das eso, het d Mueter scho alls abgschribe, was si het vordäicht u vorgsorget gha!» Er hätt kes Wort chönne druuf säge, so het ne das möge. Muess Änneli ächt itz däwäg hingerab näh! Chunnt ächt erscht itze de ds Schwäre für is? Es isch doch so nes ufgweckts u het grüüsli Fröid am Läbe u cha si guet dryschicke, wen es scho nid cha desume gürte wi di angere! – Aber we's ihm de ds angere sött hingerha – das hätt doch de ke Gattig! – Nei, so lat er'sch nid scho uf d Syte drücke. So gly dass es us der Schuel ischt, chouft er ihm d Göllerchötteli, won er ihm scho am erschte Tag versproche het! U Ührli muess es grad es guldigs ha!

Dernäbe het me wääger nume Fröid chönne ha a däm Meit- schi. D Hebamme het si denn nid uberluegt gha, es ischt tuusigs es hübsches Änneli worde. Dass es chly bringer ischt gsy weder di angere vo sym Alter, het sy Fyni eigetlich no so rächt ungerstri- che. D Lüt hein ihm nachegluegt, u Lysi het mängs bittersüesses Pölli ubercho z schlücke, wen ihm da u dert ischt gseit worde, es syg doch süng u schad für das schöne Meitschi.

Der Vatter ischt toube worde, wen ihm settigs ischt z Ohre cho. Wäge däm syg Änneli glych meh wärt weder eis, wo uber all Heeg usgumpi. Un er het o der Mueter mängischt vorgstellt, es hätt eim de no Schwerersch chönne uferleit wärde. Mi müess ja wyt sueche, bis me es liebersch u manierligersch Meitschi tät finge, u mi wüss ja nid, für was dass es guet syg.

Aber da het Lysi nid vil möge ghöre. We's eim däwäg ds Mejezüüg heig erhaglet, chönn eim niemmer zuemuete, dass me no rüem u dank, dass eim ds Huus nid o no syg verbrunne.

Ei Tag ischt Änneli ganz eryferets vo der Schuel heicho. Der Lehrer heig's hütt gfragt, ob's es nid tät gluschte, Lehrere z wärde. Gschichts gnue wär es, u ds Dussewärche syg däich doch nid rächt für is. Es söll deheime frage, de chönnt me de wyter luege. «Darf i?» Un es hanget em Vatter scho a der Achsle. «I wett drum gärn.»

Aber da fahrt d Mueter scho dry: Was dä itz afe studier, das wär doch nid für ihns, das möcht äs nid erlyde mit sym Härz! U derzue müess e Lehrere der ganz Tag stah. Un uberhoupt – – das syg doch dumme Züüg!

Dem Vatter ischt di Sach o ungsinnet cho, das cha me si vorstelle. Aber er het se doch nid grad vor un eh vo der Hang gwise. Für schi sälber het er ja o scho mängischt druber nachegstudiert, wi me Ännelin am beschte chönnt unger d Arme stah. We's äbe doch vilicht nid sött hürate! Wär's doch vilicht guet, we me's öppis liess lehre, dass es speter uf niemmere agwise wär! Di zwe eltischte Buebe mache scho am Hürate ume. Dert het's ke Strich dür d Rächnig ggä, si sy versorget. U der Jüngscht ischt o uf der Stell nache, dass er däich sälber wett pure. Är u d Mueter wärde de öppe müesse dra däiche, für abzgä. Aber Änneli! Mi weiss ja guet gnue, dass so lidig Schweschtere de mängischt wüescht zwüsche Stuel u Bank chöme. Vor däm wett er sys Meitschi gärn bewahre. «Eh, mi chönnt ömel afe mit em Lehrer rede!» seit er us syne Gedanke use. «U we Änneli doch gärn wett! – Du gäbischt gwüss es liebs Lehrgotteli!»

Aber das Wort het der Mueter z volem der Boge ggä. Ihres Änneli Lehrgotte, wo me gmeint het, es gäb einisch eini vo de stolzischte Püürine wyt u breit! Nei, das doch de nid! Si vermöge's de gwüss no, das Meitschi z ha, das bruucht si nid um enes Löhndli mit frönde Purschte z plage! Un uberhoupt, es söll si ja borge u darf si nid zvil zuemuete! «Ne-nei, das ischt nüt!» U si het's Ännelin vorgstellt, es heig's doch deheime vil schöner, mi dörft's ja gar nid verantworte, ihns unger frönd Lüt z la, wo nid wüssi, was es erlyde mög u was nid. Deheime chönn es ja ha, was es wöll, u mache, was es wöll u was ihm guet tüej. Mi heig nid sövel mängs Jahr Sorg gha zuen ihm, für de alls ume la z verderbe.

Der sälb Abe het Änneli im Bett plääret. Es het vorhär sys Lahmgah nid so schwär gno, wil's eigetlich nie grossi Schmärze het gha un ihm alls ischt abgno worde, wo's hätt chönne drücke. Derzue het es ehnder e stilli Art gha u ischt e schröcklige Läsratz gsy. Wen men ihm nid müesst borge, so chönnt men ihm das de richtig nid nahla, het d Mueter scho mängischt greklamiert. Aber itze gspürt's, dass sys lahme Bei u sys schwache Härz ihm d Fäcke binge, won es itze hätt möge rüere.

Mit der Zyt cha me si ja a alls chly gwane, o an es Bürdeli, wo eim im Afang het wölle ertrücke. Im Äbnit het me si ömel o dry ergä, dass es so ischt mit Ännelin. Ja, mängischt het me's ganz vergässe, dass es chly nes murbs ischt u dass me gseit het, es müess's schön ha u nid meh mache, weder dass ihm guet tüej. Zerscht het afe der eltischt vo de Buebe ghüratet u ischt züglet. Das het vil Löif u Gäng ggä, bis alls ischt im Blei gsy, wi's Lysi het im Chopf gha. Äs sälber het ungereinischt gmerkt, dass es doch nimme zwänzgi ischt u dass es mit syr Chraft mängischt chly schlächt ghushaschtet het. D Bei hei nimme rächt wölle, ds Härz het hie und da chly tschäderet, ds Chopfweh het's plaaget. Es het mängischt müesse ga ablige, we all Häng voll z tüe wäri gsy. Wi kumod isch es da gsy, dass Änneli a allne Orte het Bscheid gwüsst, wi vil ungsorgeter ischt me gsy, we me het gwüsst, dass äs i der Chuchi ischt! Aber de ischt Lysi doch erchlüpft, wen es het gseh, wi Änneli so name stränge Tag gnüeger het müesse loufe un es Schatte het gha unger de Ouge. «Itz muesch der de hingäge ume besser borge!»

«I ma doch scho, Mueter!»

Es ischt ihm kumod cho, dass es möge het. Grad wo ds Hochzyt u d Züglerei vom Eltischte ischt verby gsy u me's ume rüejiger hätt chönne näh, wo me sogar dervo het gredt, Änneli sött ei-nischt e Kur mache, isch der Götti gstorbe, u ds Heimet, wo me scho vor meh weder zwänzg Jahre druuf zaalet het, isch dem Zweite itz doch fascht chly ungsinnet zuegfalle. Mit em Hürate het er'sch o no nid ganz zwäg gha, un er ischt i änge Räte gsy, wär ihm itz d Hushaltig söll mache. «U we Änneli chäm? Das gieng scho.»

«Eh, was studierscht itz du?» het d Mueter abgwehrt. «Äs mit sym Härz u mit sym lahme Bei!»

«Aber es wärchet deheime o der ganz Tag!»

Das syg nid ds glyche, het Lysi gmeint, mi tüej ihm doch de gäng zuespräche, es söll's nid ubertrybe!

Aber Änneli het du sälber bigährt z gah. Es mög doch scho, un es heig Fröid, ihm alls hälfe yzrichte. Der Vatter, wo süscht gäng het gchummeret, es müess ihm ubertue, ischt itz sälber derfür gsy, dass es gang, bis e jungi Frou chömm. D Mueter meint's ja guet mit Ännelin; aber mi cha's de o mit em Guetmeine ubertrybe, we me eim nie ke Rue lat dermit. Er het's scho mängischt gseh, dass Änneli chly gnietig wird, we si gäng mit Angschte u Zuespräche hinger ihm ischt. Es tuet ihm vilicht ganz guet, we's cha alleini sy. Das het er richtig nume däicht, nid öppe lut gseit, won er ihm zbescht gredt het. «Aber i ha de Längizyti», flattiert er ihm, «chumm de gly ume!»

Mi hätt chönne meine, Änneli hätt sälber i ds läng Jahr dinget u zügli itz i sys nöie Hei, so yferig het es dem Brueder sy Usstüür u was er no het müesse ha, ghulfe zwägmache. Er het's zwar o chly verdienet gha an ihm; är isch es gsy, wo dürezwängt het, dass es het i ds Wältsche chönne, dass e Winter het dörfe ga lehre näje, dass es itz de no in e Hushaltigsschuel darf. Sogar der Vatter het gmeint, mi dörf's fasch nid waage. U d Mueter het ume d Achsle glüpft u gseit «Ach!», wi scho mängischt, we's um settigs ggange ischt. Änneli het eigetlich no gar nie druber nachegsinnet, was si mit däm meint. Es ischt ömel guet, we me allergattig lehrt. Es cha dertdüre d Mueter nid begryffe.

«Mi chönnt meine, mir wäri es Hochzytspäärli, gäll, Änni!» het's der Brueder gneckt, wo si zäme uf em Stübli-Ruebett, wo vor uf em Zügelwage ischt ufbunge gsy, hei Platz gno. «Lue, Mueter», lachet er zrugg, «da chaischt itz afe e Ougeschyn abnäh, wi's de ischt, we eine mit der Tächter dervo fahrt. Aber fang nid scho afa plääre!»

«Du bischt e Stürmi, weischt itz di letschti Minute vor em Furtgah nüt Gschydersch!» Mi gseht, es ischt ere o nid liecht. Un er hätt's ja sölle wüsse, dass si dertdüre epfindtliger ischt weder i-weiss-nid-was u ihres Änneli vor de Buebe hüetet, erger weder e Gluggere ihrer Hüendscheli vor em Habch. Si hei se mängischt ghelkt derwäge. – Un itz chunnt er no chly ringer uber ds Adie-säge u ds Furtgah ubere, wen er das vüre rupft.

«Fahrit dihr itz i Gottsname!»

«Häb ömel Sorg, Änneli, ubertue der nid!»

«U chumm gly ume!» Der Vatter het ihm's meh weder einisch nachegrüeft.

«Sobald dass er en angeri het», winkt es zrugg.

Es het eim düecht, es syg niemmer meh deheime, wo di zwöi sy furt gsy, ds Huus syg läärsch, so ne grossi Lücke het es ggä. Äbnit-Lysi het itz so rächt müesse ygseh, wi vil dass ihm Änneli abgno het, wi vil dass es gmacht het, ohni dass dervo isch gredt worde – vil meh, weder dass es nume däicht het. Un es het si ganz es Gwüsse gmacht, won es si doch het vorgno gha, wi's Änneli müess schön ha u nume so chönn mache, was ihm wohl tüej. Das muess doch itz de angersch gah! Mi het ja itz e gueti Jumpfere müesse ystelle, die bhet me de, wen es hei ischt. Allem a geit es nid lang, es sy alli Azeiche derfür da.

Dem Vatter isch es niene meh wohl gsy, wo Änneli ischt furt gsy, un er ischt si fascht gröjig worde, dass er'sch no agsträngt het, für z gah. Aber si hange anangere, di zwöi Gschwischterti, u der Bueb wird scho Verstang ha mit ihm.

Mi het im Äbnit nie druber brichtet, was me wäge Ännelin im Plan heig. Un es het e kes gwüsst – nume der Vatter het en Ahnig gha – dass es bi der Mueter en usgmachti Sach ischt, dass Änneli söll lidig blybe. Si het kes Gred wölle druber, u drum het si gschwige, u Ännelin het si's o no nid möge säge. Es het se ja sälber gnue tuuret, dass es so ischt. Es hätt ja süscht all Gabe, wo ere Frou wohl astiengi. Aber es ischt eifach nid dra z däiche. Stell me si vor, we's es Chüppeli Ching sött ha, äs mit sym Härz, we's ihm sött böse mit der Lehmi! Wi das e Lascht wär für ne

Ma – u Änneli sälber ungfellig wurd derby! Nei, da cha si nid angersch, da muess si dem Liebgott no chly i d Häng wärche. Gwüss us luter Guetmeine! Mi ischt o süscht nid vor ds Sorge use cho. Für d Buebe het me ja gluegt, so wyt dass me chönne het. Itz sött me a eim sälber u a di alte Tage däiche – u o für Ännelin no besser vorsorge. Drum ischt me drahi u het ds Stöckli zwäggmacht. Es ischt läär gsy sider dass d Grosseltere gstorbe sy, u mängs dranne verlotteret u schlächt ygrichtet. So ungärn dass Lysi no erscht het a ds Stöckli däicht, so gräschligs isch es itze worde, won es het chönne bifäle u meischteriere, wi 's es wöll ha. Stungelang het es si chönne versuume, für Määss z näh wägem Möbel-stelle, für uszdüftele, wi si alls am beschte tüej mache. Aber fascht am wichtigschte ischt ihm doch gsy, dass Änneli rächt es gfröits Stübli uberchunnt. Da het's de nüt groue, vom schönschte Täfel het yche müesse, u der Ofner het fascht nid gnue chönne awänge. Es söll nid z chlage ha, wääger nid, das guete Änneli! Mi tuet ja für is, was mügli ischt. Mi het nid vergäbe ghuuset es ganzes Läbe lang, es darf si de scho öppis gönne u söll einischt ungwärchet vermöge z sy.

Aber bis dahi wär me grüüsli froh, we me si syne no chly chönnt tröschte. Es wärde ja o Tage nache cho, wo me e Hülf nötig het. Mi het ihm ja o mängi Nacht gwachet, het's mängischt vürersch bettet, mi het's de gwüss o no chly an ihm verdienet, dass es eim im Alter nid im Stich lat!

So het d Äbnit-Mueter planiert u grächnet. Si het derby nume öppis vergässe: Ännelin sälber.

Es sött e kene böser müesse afa, weder dass der jung Äbniter – Chrigi het er gheisse – müesse het. Er ischt nid in es läärsch Huus yche cho, wo me nid emal e Chutte chönnt an e Nagel häiche. Schiff u Gschir ischt zum bessere Teil grad mit em Heimet ubergä worde, u mi het ds Ganze nid müesse uberzale. Das het der Götti no so la schrybe. Nid emal für Dienschte u Wärchlüt het me müesse luege, wil di eigetlich o grad zum Heimet ghört hei. Es het gar niemmer dra däicht, für da öppis z ändere, u mi het ja enangere scho lang kennt. Nume dem Götti sy Frou, d Base, u ihri alti Jumpfere, sy us em Huus u i ds Dorf ache züglet –

aber we me se nötig heig, so söll me's nume säge. Gwüss, we me's scho uf em Papyr hätt chönne dartue u nach em eigete Guu yrichte, mi hätt's nid diendliger chönne mache.

Aber es ischt glych en Ungerschid, ob me si no uf e Vatter u d Mueter cha verla, oder ob me sälber für alls muess guet sy. Änneli het zerscht o fascht nid gwüsst, won es söll afa, u das junge Jümpferli het chly Mähl am Ermel gha u nume dumm müesse gugle, we Änneli öppis nid het funge oder süscht nid rächt ischt zschlag cho. U Chrigi het ja vom Huswäse minger weder nüt verstange u mit Hänge u Füesse abgwehrt, we's öppis het wölle frage: «Mach nume, wi's di düecht, es chunnt scho guet! I bin ihm sälber o drin wi Mischthans am Hochzyt.» Dernah hei si müesse lache u sy mit früschem Muet druflos. Us em Schönha u Borge het's nid vil ggä für Ännelin, mi het zmängs müesse nache mache, wo chly ischt i Hingerlig cho dür e Tod vom Götti u di ganzi Umstelig. Es ischt albe ame Abe todmüeds gsy, u Chrigi het si doch de mängischt schier es Gwüsse gmacht. Die deheime täti gwüss balge, we si wüssti, wi Änneli vom Morge bis am Abe muess dranne sy. Aber es besseret itz de scho, u de söll's es de no chly freiner ha byn ihm. Er ischt si itz ja gar chätzigs froh uber is.

Wo Änneli du ds Hefti ghörig het i de Finger gha u der Sach zgrächtem ischt chünds gsy, het's e rächti Fröid ubercho a sym nöie Ämtli. U wen ihm öppis grate ischt, wo's fascht chly mit Angscht derhinger ischt, het es si grad zgrächtem gmeint. Es wott ja nid öppe uber d Mueter balge; aber es gspürt itz doch,wi vil ringer dass eim d Arbeit geit, we me sälber Heer u Meischter ischt druber un eim nid gäng öpper dry redt u pressiert oder abwehrt.

Mit Chrigin het's Änneli scho vo Ching uuf guet chönne. Er ischt e freine Mutz u gschlat i der Art dem Vatter nah. Itz, wo si uf enangere agwise sy, verstah si enangere no besser. Si bruuche nid emal vil z rede. Beedi müesse ja öppe ihrer Lehrblätze mache. Änneli het im Afang einischt ds Brot zwöimal gsalze; es het's ztod ungärn gha u fascht nid gwüsst, was me itz da cha vürnäh. Aber Chrigi het's tröschtet: Eh, mi hou itz gross Bitze ab, dass me's gly ggässe heig un es ume angersch chönn bache. Es ischt ihm sogar z Sinn cho, es chönnt Eierröschti u Fotzelschnitte mache dervo, dass me ehnder fertig syg dermit. E settige Chrigi ischt Guld wärt für Ännelin, wo süscht chly äng ischt yta gsy! Si sy ja deheim meh weder nume rächt u guet mit ihm; aber we me all Tag muess ghöre, mi dörf das nid u dörf disersch nid, chunnt me si zletscht vor wi nes ungschalets Ei u trouet si sälber nimme rächt. Itz, wo's nid gäng öpper a sys lahme Bei u a sy Härzfähler mahnet, merkt es nume fascht nüt meh dervo. Eh, grad nüt wär chly zvil gseit, es gspürt scho, dass ihm Gränze gsetzt sy, aber es plaaget's gar nid hert.

Vo deheim sy gäng albeinisch Instruktione cho. Grad so ganz ab em Chötteli sy si doch nid gsy, di zwöi. Si sy ja no froh gsy druber, dass me uf all Fäll no e Nothälfer hätt. Aber der Chamme ischt ne doch ghörig gwachse, wo si Vatter u Mueter nid gnue hei chönne verwungere, wi si di Sach im Blei heigi. Mi hätt's nid däicht. U mit Schyn heig's Ännelin nüt gschadt, es gsej rächt guet uus. Nume syg's itz doch de Zyt, dass es ume hei chömm, ubertrybe dörf me's doch de nid!

«Wi hesch es itz afe mit em Hürate, Chrigi?» fragt d Mueter gredi use. «Du dörftisch es de öppe la rücke! Süscht näh mer ds Meitschi hei, de wird's di wohl i d Gäng gä!»

«Ja, mir hei Längizyti na Ännelin», sekundiert der Vatter u streckt em Meitschi es Chrüüseli, won ihm i d Stirne hanget.

Das wird ganz rots. Es ischt erchlüpft u schämt si, dass es ihm ungereinisch schwär um ds Härz wird. Ja, schäme muess es si, dass es lieber no lang wett da blybe – wo's doch Vatter u Mueter so guet mit ihm meine! Aber es ischt eifach gärn da – es weiss fascht nid, was es säge söll.

Chrigi het nöjis gstiglet, wo me nid rächt ischt druber cho. Eh wohl, zletscht het er du doch gseit: «Äs» wett äbe dä Winter no e Kurs näh, für lehre z choche, un es heig ne tüecht, er sött sälber o z volem agwachse sy vorhär. Un eh, er heig däicht, mi sött o no chly öppis la ändere, ob «Äs» chäm, e nöie Chuchibode wär ke Hoffert, tüechti ne.

«I hätt de gly boue gnue», macht der Vatter, «aber es ischt jemerischt ja dy Sach!»

Ja richtig, vom Stöckli het me no gar nüt gredt gha. Es syg itz rächt styff zwäggmacht. Der Schryner syg grad geschter fertig worde. D Mueter ischt fei e chly yferigi worde. «Dihr müessit itz de gwüss cho luege!»

«Ja, was heit der ömel de o grüüsligs la mache?» gwungeret Änneli. «Es wird itz de no sölle gherrschelig wärde uf em Äbnit!»

Lysi het em Vatter dütlich ygscherpft gha, dass er de Ännelin nüt verrati wäge syr schöne Stöcklistube. Das söll de sys Guetjahr sy, wen es hei chunnt. «Du wirscht de luege!» seit's, «gib itz de nume Chrigin, däm Tröchni, albeinischt e Mupf, dass er ab Fläck macht mit sym Vreni!»

«Du chunnscht doch gärn ume hei?» Der Vatter fragt's.

D Mueter nimmt ihm d Antwort scho ab: «Däich wohl chunnt das gärn hei! I d Lengi wär's doch de hie nid für is, mit sym Härz!»

«Aba, wäge däm Härz», wehrt Änneli ab. «Machit doch nid so nes Wäse dervo!»

«Eh aber – aber» – d Mueter trouet de Ohre fascht nid. Ischt itz das der Dank, das men ihm däwäg het borget u Sorg gha zuen ihm? «Du wirsch doch wüsse, was de magscht erlyde! Du muescht itz sälber der Verstang ha, so lang de hie bischt. Versprich mer'sch, es miech mer süscht Chummer!»

«Aber es geit mer ganz guet, i gspüre wääger nid vil!»

«Ja, ja, so lang dass es währt. Gäll, bsinn di, nid jufle u pressiere, Chrigi weiss ja, dass de nid darfscht wi nes angersch!»

Si chunnt ganz in e Angscht yche, es wärd öppis verdummet, we si nid derby syg, u cha's fascht nimme la gälte.

«Aber es gseht ömel guet uus!» bricht der Vatter däm Glejänt ab. «U mir sötti däich mache u hei!» Uf ene Wäg het er gspürt, dass d Mueter wohl fascht nider het, u dass es Ännelin chly schiniert. Aber no uf em Wägeli obe ischt der Mueter gäng ume öppis Früsches z Sinn cho. Ob's no Franzbranntewy heig, un es wärd doch all Abe dermit wäsche? «U de gäng obsi stryche, däich dra, obsi! U Tropfe nimmscht doch?»

Der Vatter het scho der Mekan losgla, wo si Ännelin no einischt winkt: «Chumm los no gschwing öppis!» Das het sen ihm du i ds Ohr gchüschelet.

Di zwöi sy gstange u hei ne nachegluegt. «Es düecht mi, der Vatter heig so galtet!» seit Chrigi. «I ha's o grad wölle säge», fallt Änneli y.

«Aber d Mueter ischt gäng no di glych!» Chrigi lachet u pfyfferlet dervo. Ja, ja, Müeti het ihm aber einischt d Würm ghörig us der Nase zoge. Das cha's! Aber alls het er ihm doch nid gseit. Er het ihm nid gseit, dass är u Vreni der Hochzytstag scho fescht abgredt hei. Ännelin sött er'sch vilicht de afe säge, dass es si dernah cha yrichte. Es wird itz de wohl i di Hushaltigsschuel wölle.

Der sälb Abe het Änneli e Druck uf em Härz gspürt. Es het u het nid chönne schlafe u zur Rue cho. Tropfe hei nüt abtreit. Isch es ächt destwäge, wil d Mueter ume dervo gredt het, oder – isch es wäg em Heigah?! Oder – – Ach, Änneli weiss wohl, dass es nid nume wäg em sälber-Meischteriere u wil äs u Chrigi guet zäme uschöme gärn dablybt u nid a ds Heigah däiche ma. Es cha si ja gar nid vorstelle, wi's de wär, wenn es Fritze im Nachberhuus nimme all Tag wurd gseh! Mängischt nume vo wytems, oh, es gseht itze chätzersch guet! Aber es vergeit doch de sälte e Tag, dass er nid gschwing ubere chunnt, mängischt nume chly mit Chrigin cho chlappere; aber meischtes chan er ihm o no öppis apänggle. Es het no gar nie mit öppere däwäg chönne gspasse u dischpidiere. Wi mängischt ischt er scho bim Gartezuun blybe stah u het öppis an is brunge. Es heig d Zibele nid ganz exakt usgrichtet, un er heig es Gjätstüdeli gseh u settige Züüg. Aber er het ihm doch de o scho ghulfe d Rose ufbinge u der Wärchzüüg vo der Pflanzig hei treit. Es gang ihm grad im glyche zue. Un am Abe, nach em Fürabe, oder ame Sunndig isch es so churzwylig, wen er zu Chrigin ubere chunnt. Es möcht albe no vil lenger lose, we si vo däm u disem brichte, un es schiniert si gar nüt, öppis z frage, won es nid ganz begriffe het. Es het no sälte zumene Möntsch es settigs Zuetroue gha. U kennt ne doch no nid lenger.

Het er'sch ächt gachtet, dass es chly lahm geit? Es nimmt si gwüss zäme, so fescht es cha. U weiss er ächt, dass es wäg em Härz chly muess ufpasse? Er het no nie mit eme Wort oder eme Blick öppis derglyche ta. O sy Mueter nid, won ihm anerbotte het, we me mit öppis chönn diene, so söll's es nume säge. Si het ihm o mit Setzlig usghulfe u mit Bohnesaame. Di gueti Nachberschaft ischt gwüss o dschuld, dass me hie scho rächt erwarmet ischt. U si hei o grüemt, es tüej ihne guet, dass ume öpper jungs da syg, bsungersch Fritze. Mi syg hie ja scho chly näbedänne vo de Lüte. Si heigi zerscht gwüss no Bedänke gha, ob es nid Längizyti heig na deheime. Es syg bi ihne doch meh Verchehr, so naach bim Dorf.

Nei, es het nid Längizyti gha! Aber itz hätt's de, we's vo hie furt müesst! Ds Ougewasser tropfet ihm scho uf ds Chüssi. Es weiss sälber nid warum.

Änneli ischt itz meh weder zwänzgjährig u wäge sym Näggi chly speter erwachet weder di meischte angere. Es het einisch ghört, wi d Mueter un e angeri Frou di junge Meitli hei verhandlet, si sygi nimme glych wi albe, itz müess mytüüri scho ne Schatz zueche, ob si nume wüssi, wenn ds Wasser choch. Ihres Änneli chönn me doch de nid i das Bang yche näh, het's d Mueter denn use ghoue, das frag däm doch de no gar nüt dernah. Ja, denn het si rächt gha – aber itz ischt sy Zyt allwäg doch o cho.

Es het gwüss no nid wyter däicht, u gredt ischt ja no nid es Wort worde, wo nid all Lüt hätti dörfe lose, un es weiss ja o gar nid – eh wohl, so chly öppis weiss es! – Änneli lächlet, – un itz liechtet's ihm. Churzum isch es etschlafe.

Es ischt doch schön z läbe, we me si scho bim Erwache uf öppis cha fröie! Vilicht putzt Fritz d Ross im Schopf äne, un es chan ihm zwüsche de Granium düre chly zueluege, ohni dass er'sch merkt. Er cha's guet mit de Ross, es hätt no nid einisch gseh, dass er grobiänisch mit ne hätt usgha. U churzum fahrt er itz de mit em Graswage näb em Huus düre u chlepft mit der Geisle: Er heig däicht, es schlaf no wi nes Murmeli, er sött's däich afe wecke! «Guete Tag!» Oh, es ischt schön uf der Wält!

Wärches thalb het's richtig nid Sunndig gha, der sälb Summer. Es het itz Chrigin ungereinischt pressiert mit em Chuchibode.

U we me itz d Souerei glych grad heig, so tüej me e nöji Füürblatte
yche. We eini äxtra gang ga lehre choche, so müess me mache,
dass si de o es rächts Ygricht heig derzue. Süscht chönnt ihm di
Chöchi am Änd no chündte. Er ischt chly ubersüünige worde,
dä Chrigi!

Änneli het ja nüt gäge di Bouerei, un es het ja vor un eh
gwüsst, dass es de abglöst wird, ob's lang geit. U Vrenin ma's es
ja härzlich wohl gönne. Es ischt eis, wo het müesse bös ha de-
heime u si fröit uf sys nöie Hei. Was es ihm no cha zum Gfalle
tue, das tuet es. Der Nyd plaaget's nüt. Aber – we's nume nid
däwäg schmirzti, wen es a ds Furtgah däicht! Un es wär schön,
we me sälber einischt eso chönnt ga afa – oder zuefahre. Es
bruuchti nid emal e nöie Chuchibode, si hei ja – – aba – wohi
ertrünnen ihm syner Gedanke! Ds Gugle vom Jumpfröili bringt's
no z volem us em Kurs: Es heig ja kes Pulver i Chrueg ta, won
es heig wölle Gaffee arichte! Änneli het afe uber is sälber müesse
balge. Aber mi wüss ja bau nimme, was hinger u vor syg, so
ds-ungersch-obe syg alls i der Chuchi inn.

Ja, es ischt nüt gäbigs gsy. Chrigi het si o afe versproche vor
Ännelin. Wen er hätt gwüsst, dass das es settigs Wäse gäb, hätt
er fascht nid drahi dörfe. Änneli het ne usglachet, mi chönn si
doch scho chly lyde, derfür syg's de nachhär das-der schöner.
«Nume hescht däich de nimme vil dervo!» macht Chrigi. Er hätt
doch de öppe im Sinn – – – un äs wärd o nid begähre, no lenger
Hushältere z sy. U deheime möge si ja o fascht nimme gwarte.
Er mög ihm's gönne, we's es de ume chönn besser ha.

«Chrigi meint's ja guet, nume guet», redt si Änneli zue – «we's
mer nume nid so weh tät!»

Vo deheime hei si allipott la frage, wi's gang, ob's no mög, u
ob es si nid müess ubertue. Si sölli nume nid Chummer ha! het's
Bscheid gmacht, es syg alls i der Ornig. Oh, es hätt es chächs
gnue ubercho, das het Änneli sälber müesse säge. Ihns düecht's,
es syg ehnder fascht erstarchet derby. Es tuet eim halt guet, we
me albeinischt chly Hülf uberchunnt, oder süscht öppis, wo eim
ufchlepft, öppe es Büscheli Äpeeri, wo Fritz het uf em Huet
gha, oder wen er eim gschwing e Channe voll Wasser, für ds

Meiezüüg z bschütte, vor ds Huus stellt. Müeti syg si albe o froh, wen er ihm chly trabanti, un er mach si gärn chly wärt bim Wybervolch. Un es ischt sälte e Abe vergange, dass er nid hurti ischt ubere cho u nöjis het gha z frage oder z brichte.

Nach em Höiet, wo me's du doch glassener het chönne näh, ischt er einischt di lengschti Zyt am Gartezuun gstange, won es der Lou het ufgrächlet. Es söll's nid z schön mache, het er gseit; aber süscht het er nid vil gwüsst z brichte, u Änneli het scho bau gmeint, er heig öppis Unguets. Di lengschti Zyt het er nüt gseit, oder nume mit em Hung glöhlet. Aber won er vo wytems Chrigin un e Chnächt gseht gäg em Huus zue cho, ischt ihm doch ändtlige d Lööti uuf.

D Ross hätti itz nid so bös, het er agfange, mi chönnt itz einischt e chly usfahre amene Sunndig. Aber aleini mög er nöie nid, u Müetin syg's süscht nid nache. Ob äs öppe Fiduz hätt? Weder es gieng vilicht lieber mit eme angere, er wüss ja nid – Itz ischt er scho bau am Hag anne gsy.

Wi ne warme Strom isch es dür Ännelin gfahre u het ihm d Stirne bis unger di falbe Chrüüseli rot gfärbt. «Jä, isch es der ärscht?» fragt's. Es ischt wääger no nie mit eme junge Pursch usgfahre. Eh wohl, einischt mit Chrigin, wo si e Schlittepartie gmacht hei un er Vrenin no nid het dörfe frage. Aber das ischt ja ganz öppis angersch gsy.

«We's der nid zweni ischt», seit Fritz u chnüblet Miesch ab am Gartezuun, «es tät mi fröie!»

«Warum wett mer itz das zweni sy?»

«Jä chunnscht?»

«We ds Ross nid öppe lascht ertrünne!» lachet Änneli. Oh, es düecht's, es möcht uber all Züün uus flüüge!

«Itz bischt doch es liebs!»

«Hilfischt gartne?» schmürzelet Chrigi, won er zueche trappet. Es chunnt ihm itz afe bau chly verdächtig vor, u Änneli het ihm chly zu nes rots Gringli.

«I hätt's im Sinn z lehre!» git Fritz ume, u dernah hei si glachet.

«Mir hei grad öppis abgmacht», rückt Fritz itz doch uus. «Mir wetti am Sunndig ga usfahre. Ehm – chunnscht öppe o?»

«Jä, söttischt no es föifts Rad ha?»

Weder mi het doch du abgmacht – so wäg de Lüt – Chrigi söll sys Fuerwärch o zwägmache u Vrenin ylade.

«Was täte si ächt deheime säge?» chunnt's Änneli i Sinn. Es düecht's itz hingernache, es heig doch chly gleitig zuegseit. «Weder das ischt ömel nüt Bös's, oder?» Er wüsst nid was, seit Chrigi, es syg ihm z gönne, dass es einischt e rächti Fröid chönn ha.

«Eh, mi hätt ja gar nid dörfe absäge, gäge settig bhülflig Nachberschlüt, si hätti's doch de süscht no chönne epfinge!» macht Änneli.

«Däich wohl!» seit Chrigi; aber byn ihm sälber däicht er, es syg e schynheilegi Chrott, wi si alli sygi. Un itz het's ihm no a: «Gäll, säg de deheime nüt!» Wen er nid mit ihm sälber hätt z tüe gha, so hätt er allwäg scho ehnder öppis chönne merke. Aber das ischt ja alls rächt u guet, Fritz ischt guet deheime u e ordlige Pursch bis dert u äne use. Nume – äbe! – We's nume dä Schade nid hätt! Es het ihm fei e chly z studiere ggä.

Ds Jumpfröili, das Propheetebeeri, het am Sunndig ds Muu offe vergässe, wo Änneli ischt us sym Stübli use cho. Un es ischt schad gsy, dass der Äbnit-Vatter nid gseh het, wi di schöne Göllerchötteli sys Änneli useputze un ihm flattiere. Er hätt ihm's nid schöner chönne vorstelle. Fritzes Mueter wär bau ds Ougewasser cho, wo si's gseh het. Eso ne schöni, liebi Tochter! Aber i der staadische Alegig inne achtet me's itz bsungersch guet, dass es unglych abtrappet.

Fritz het ihm chly d Hang unger d Ellboge, won es ufstygt. Ihns het's düecht, es heig chönne ueche flüüge, so liecht isch es ggange. U so sicher het er sys Ross i der Hang! So wär es schön dür d Wält z gutschiere! Es wär schön, e Möntsch z ha, wo eim so cha unger d Arme stah, dass me meint, mi heig Fäcke.

Si hei nid vil Apartigs brichtet. Fritz, wo d Gäget besser kennt het, het ihm das u disersch zeigt u het's churzwylig chönne dartue. Uf em vordere Fuehrwärch hei si allwäg o nid Längizyti gha u nid emal derwyl gha, umezluege.

Bimene schöne Wirtshuus ischt me ygchehrt. D Wirti het se tifig i di inneri Gaschtstube gmuschteret. «E-e, heit Der Ech öppe gwirschet, wo Der vom Wägeli ache syt?» fragt si, wo Änneli chly ne unäbene Tritt tuet uf däm glatte Bode. Es seit niemmer nüt druuf, u si vergisst's o ume. Si het ds Huus voll Lüt u all Häng voll z tüe. Hütt ischt äbe grad no Höimonet-Sunndig.

«Gsundheit, Änneli, Gsundheit allizäme!» Fritz wüscht mit sym heitere Wäse dä Schatte furt, wo ne e Momänt het wölle schwär mache. Vo oben ache ghört me d Musig, si trable im Saal obe. Vreni ma si nid uberha u töppelet mit der Schuenase der Takt derzue.

«Fahrt's der i d Bei?» helkt's Chrigi, «was meinscht, wei mer eine ga probiere?» Es ischt scho ufgstange. «Chömit doch o!» lachet's.

«Gaht nume afe!» stüdelet's Fritz ab. Wo si dusse sy, nimmt er Ännelin bir Hang: «Was meinscht?»

«I cha ja nid guet tanze u dörft eigetlich nid!»

«Aber eigetlich wettischt gärn, gäll?»

Was söll es säge? Es cha nid derglyche tue i däm Momänt: «Du weischt ja scho!» Es weiss itz so sicher, wi wen ihm's öpper erzellt hätt, dass Fritz guet Bscheid weiss uber is. Dass er gseht, wi's ihm nid ring geit, e schwäri Wasserchanne z trage, u dass es im Höiet unger der Hitz glitte het.

«Änneli!» Het scho einischt e Möntsch sy Name so gseit, dass es eim ischt, es tüej eim e warmi Hang strychle?

«I cha halt nüt derfür!»

«Eh du Naarli, das muescht nid säge! – Chumm, mir wei's zäme waage!»

«Meinscht?» Wohl, mit Fritze trouet es si. Süscht mit niemmere uf der ganze Wält.

«Los, e Schottisch, u de no ne langsame.»

Wo si gäg em Tanzsaal zuegah, leit er ihm ume d Hang unger e Ellboge. Wo het er ächt das glehrt, dass er ihm däwäg sy Schwechi cha abnäh, dass es se nimme merkt? U warum het äs gmeint, es chönn nid tanze u dörf nid? Das geit ja so liecht, un es ischt ihm so wohl derby!

Mi chönnt fascht meine, der Wy wär ihm i Chopf gstige, so glänze syner Ouge, so lächlet es Fritze zue, das schüüche Änneli.

102

Mi het's gseh, das schöne Meitschi het no mängem gfalle. Es het ihm mänge nachegluegt, wo si ume zum Saal uus sy. Ke einzige Möntsch hätt gmerkt, dass öppis nid i der Ornig wär, so grads u äbes isch es näbe Fritze glüffe.

Es het gfeischteret, wo si gäge heizue gfahre sy. Ds Ross het der Wäg fascht blinzlige funge, u Fritz het sauft ei Arm chly dörfe um Ännelin lege.

«Isch es schön gsy, hütt?» Es seit nüt; aber es leit ihm es Blickli der Chopf a d Achsle. Un er fragt nimme.

Änneli het Chrigin lang chönne Ordere gä, er söll deheime nüt la verlute vom Höimonet-Sunndig. Si hei's süscht verno; settigs chunnt dür d Luft. Änneli syg gloub gar schöns u hoffärtigs z Tanz gsy u heig im Bärestübli mit eim Znacht ggässe. Chrigi u Syni sygi zwar o derby gsy. Es wärd der Nachberschsuhn sy gsy – gloub rächt e flotte Pürschtel.

Lysi ischt herter erchlüpft, weder dass es vor de Lüt het derglyche ta. Afe dä Uverstang vo däm Meitschi, mit sym Härz ga tanze – u mit sym lahme Bei! Es ischt ihm nid vergäbe vor gsy, es mach öppis Dumms, wen es si sälber uberla ischt. U dernah si la Znacht zale, grad wi's mit ihm versproche wär! Chrigi uberchunnt de o no e Tusche, er weiss doch, was me mit däm Meitschi het gha u wi nes murbs dass es ischt. Itz muess es doch de mit der Stöcklistube usrücke, ob es no z volem uf dumm Gedanke chunnt.

D Äbnit-Mueter het gwüss nid nume us purer Zwängerei u Regiersucht Ännelin ds Hürate abgsproche. Mi het's itz am Byspil, wi's mit settigne Lüte geit. D Näjere im Brügg-Hüsli cha itz ke Schritt meh loufe u muess si la vürersch tue wi nes Ching. Mi het scho vo der Anstalt gredt. U si het's doch frein gha u het ihres Läbe am Schärme verdienet u ischt lidig gsy. Wi wurd's de erscht däm arme Änneli gah, wen es ghürate wär u Ching hätt u i alls yche müesst! Mi darf ja gar nid dra sinne! Si luegt das für ihri göttlechi Pflicht a, dass si's dervor luegt z bewahre.

Aber wo Änneli ds nechschtmal ischt cho, het si doch nid dervo chönne afa. Das Meitschi ischt so gleitigs u ufligs gsy, wi si's lang nie gseh het. Hein ihm ächt di früsche Tropfe so guet agschlage?

«Wi geit's mit em Härz?» fragt si.

«Guet», macht Änneli, u luegt chly näb der Mueter düre.

«Hescht nimme Härzchlopfe?»

«Sälte.»

«Was, sälte?»

«Eh, nume albeinischt.»

«Red doch o, dass me weiss, woruber! Oder het der öppe ds Wägelifahre u ds Tanze guet ta?» Si het si eifach nimme mögen uberha. D Angscht u der Gwunger ubernäh se.

«Wär het das gseit?»

«I ha itz nid das gfragt!» Lysi wird bau toubs; das tonnschtigs Meitschi wott nid rede! Das chunnt ihm verdächtig vor; das muess hei cho, so gly wi mügli, so het me's ume unger de Ouge! Es düecht's, es syg gar nimme ds glyche.

Änneli nimmt itz doch no ne Alouf: «Das ischt ömel nüt Bös's gsy, Mueter, un i wirde doch wohl o einischt dörfe mache, was di angere junge Lüt!» Aber dernah lächlet's scho ume: Es heig ihm dä Summer düre bim Wärche nöie o niemmer abgwehrt.

«Äbe, äbe, ischt das dumm ggange, we d's de nume nid büesse mueschst», chlagt d Mueter, «es ischt mer grüüsli nid am Ort gsy, di ganzi Sach!»

«Es het mer gwüss nüt gschadt! Aber es düecht mi, der Vatter gsej leid uus», bringt's d Mueter uf enes angersch Trom.

«Ja äbe, er isst nid, win er sött, es macht mer mängischt himelsgottsangscht wäg ihm. U zum Tokter wott er nid, dä Stopfi. Sprich ihm de o no zue, dir lost er vilicht ehnder. Erscht ischt er doch no chärngsünge gsy.»

Nei, der Vatter ischt nimme chärngsung, das het Änneli der sälb Tag meh weder einischt gmerkt. Er louft nimme so grade desume u het nimme e chächi Stimm wi früecher. «Vatter, was hescht, was fählt der?» fragt's u schlüüft ihm i Arm, wo si zäme dür d Hoschtert hingere sy. Er chönn's nöie sälber nid säge, macht er, weh tüej's ihm niene; aber er gang däich öppe dem alte Huuffe zue u sött a ds Abgäh däiche.

«Du hättischt dy Teil ja gwärchet, Vatter!» Es düecht Ännelin, es sött ihm danke für alls, won er ihm u der ganze Hushaltig ischt, un em Vatter chönnt es brichte, dass es eine gärn het u dass si dä gar nüt dranne stosst, dass es chly himpet. Aber da rüeft d Mueter, si sölli cho Zabe ässe, u nachhär fingt's der Rank nimme.

«Hescht du nihm öppis vo syr Stube gseit?» fragt ne Lysi, wo Änneli ischt ggange gsy.

«Nei, es het nume grüemt, wi mir e schöni Visitestube heigi.» Dass es no het derzue ta, es chömm de gwüss chly vil z Visite, seit er der Mueter nid. Verbingt si ächt nid der lätz Finger? Das Meitschi ischt ja voll Läbe u Wermi!

Was si im Äbnit so halbersch gförchtet u vermuetet hei, das het Chrigi scho fascht uf Stämpfu. Er müesst ja blinge sy, wen er nid wurd gseh, dass nid nume di gueti Nachbarschaft Fritze u Ännelin zunangere ziet. Nid dass si öppe naarochtig tüe, das hätt ja gar nid zu dene zweine passt; aber settigs merkt me am Ton a. U Chrigi het ja dertdüre itz gar guets Musigghör gha. Aber wil er'sch sälber het uf em Strich gha, wen ihm wäge sym Vreni ischt gschmürzelet worde, het er o Ännelin i Rue gla. Luegi di zwöi sälber, er het für ihn z luege gnue! Jede Tag, wo verby geit, brösmet ja nes bitzli vo der Zyt ab, wo's no geit bis zum Hochzytha.

No öpper anger het gwüsst, dass da e Fade gspunne wird: Fritzes Mueter. Si weiss nid rächt, ob se si fröie söll oder nid. Ds Meitschi wär ja meh weder nume rächt, si wüsst e kes liebersch. Un es chunnt us rächtem Huus u chäm nid mit lääre Häng. Aber si ischt äbe o nid bling, si het scho mängischt di fyne Schweisströpfli gseh uf Ännelis Stirne, wen es si het müesse astränge; si het scho meh weder einischt gseh, wi Änneli z oberscht uf der Chällerstäge ischt blybe stah u gnue gschnupet het. Un es geit doch de mängischt fei e chly lahm. Un es ischt itze im schönschte Alter; wi söll das de usecho, we's elter wird! Das git ere grüüsli z däiche, u si chunnt fascht uf ds glyche use, wi d Äbnit-Mueter: ob's ächt nid fascht gschyder wär, we Änneli uberhoupt nid wurd a ds Hürate däiche? Es ischt ja strängs, grüüsli strängs!

Söll si ächt Fritz öppis säge? Es düecht se, es wär ihri Pflicht. Es ischt ere ja unerchannt zwider, un är wird's nid gärn ghöre! Aber si verstah enangere süscht guet, un er weiss ja scho chly, was Läbe ischt. Der Vatter ischt gar gly gstorbe, un es ischt mängischt o nid ganz ring ggange.

Einischt amene Sunndig z Mittag het si dervo agfange, wo Fritz unger em Pfäischter gstange ischt u gäg em Nachberhuus düre gspanyflet het. Er wird im Sinn ha furt u öppis Abgredts ha. Si gseht grad no, wi bi Ännelis Stübli äne si ds Umhängli verrüert.

«Wosch du furt, dä Namittag?» fragt si.«Es ischt wäg em Bschliesse. I gieng de chly ga schlafe.»

«Bschliess nume, i cha de scho no ame Ort yche, wen i wott; i trappe öppe chly dem Züüg nah. Vilicht gahn i no gschwing zu Chrigin ubere.»

«Dä ischt ja scho dä Morge furt!»

«So?»

«Er wird schynt's angähnds wölle hochzyte!»

«Ja, er het nöjis derglyche ta.»

«De gieng däich de Änneli ume hei. Es ischt ihm ja o z gönne, we's es de ume chly besser cha ha. Es ischt schad für das Meitschi, dass es nid gsünger ischt.»

«Was, nid gsünger ischt! Das isch doch gsung!» Fritz redt fei e chly lut. Aber er luegt gäng no zum Pfäischter uus.

«Eh, aber es het doch e Härzfähler, das weiss me doch!»

«Ja, warum nid gar, das het doch ds bescht Härz wyt u breit!»

«Du weischt scho, win i's meine, u du muesch es nid lätz uffasse, i meine's wääger nume guet!»

«Ömel bös isch das nid mit däm Härzfähler, süscht möcht's nid gäng dranne sy u wär däwäg guet ufgleit. D Tökter wüsse o nid alls!» Fritz chehrt si doch itz afe um.

«U de wäg em lahm-gah?»

«Mi achtet's ja fascht nid, un es schiniert's weni. Es ischt si doch gar nid derwärt, es Wäse dervo z mache!»

D Mueter chennt ihre Bueb guet gnue; si merkt, dass er doch o scho druber nachedäicht het u nid gedankelos druber ewägg geit. Si cha nimme meh säge; er het ja sälber der Verstang, u mi darf a settigne Sache nid z fascht paggle. Mi verderbt mängischt meh, weder dass me nützt. Un er wird's glych e chly chüschtige.

E Rung speter het er schi zur Hustür uus drückt, ischt no chly um d Egge ume glyret u het si dernah pfäjt. D Mueter het glych bau müesse lache, wo si gseh het, wi Änneli bir Meiestäge näb em Chällerlöibli öppis het gha z nifle, won er cho ischt. «Itz i Gottsname, es wird däich cho, win es söll!»

Es het si ja nid gschickt, dass si Arm in Arm dem Waldsoum nah wäri glüffe, un uf däm ghogerige Wäg ischt Änneli chly minger äben ggange weder deheim um ds Huus ume. Es het's sofort gmerkt, dass es us em Takt chunnt mit Fritze. – Oh lue, jedesmal, we's eim düecht, mi louf fascht uf de Wulche, chunnt öppis derhär, wo eim ume z Bode ziet.

«Was hescht?» fragt Fritz, «du bischt so stills?»

«Es ischt wäge mym Bei!» Änneli cha nid angersch, es muess itz einisch druber rede.

«Tuet's der weh? – Arms!» Itz leit er ihm doch der Arm um.

«Nei, es tuet mer nid weh. Aber dass i e settegi Himpe bi!»

«Du bischt doch nid e Himpe! – Änneli, plag di doch nid mit däm, das ischt si doch nid derwärt!»

«Es isch mer meh wäge dir, du chaisch doch nid – –»

«Was chan i nid? – Änneli! Meinscht öppe, i chönn di wäge däm nid gärn ha! – Lue mi a!»

Aber Änneli luegt vor z Bode. Es ubernimmt Fritze, win es dasteit. Am liebschte wett er'sch uf d Arme näh u heitrage; aber das schickt si äbe o nid. Nume säge tuet er ihm's, un es muess scho bau ume lache, un erzellt ihm, wi der Vatter ihns als grosses Schuelmeitschi heig desume treit.

Si hei si itz uf em Bänkli bi der Linge gsädlet, ke Möntsch ischt ume, es düecht se, si sygi elleini uf der Wält. Si hei ja o gar niemmere nötig. We scho no nüt ischt gredt worde, wo se zäme bingt, so hei si doch gwüsst, dass si zäme ghöre. Si hei enangere mängs erzellt, der sälb Namittag, u hei enanger di lengerschi besser glehrt chenne.

«Was söll i de mache, we du ume hei geischt, Änneli?» fragt Fritz, wo si nidsi druus gah.

U wo's nüt druuf seit, chüschelet er ihm i ds Ohr: «Di de öppe churzum cho umereiche, gäll!»

Mit däm sy si der sälb Sunndig usenangere. Si hei's beedi im Härze treit, wen es scho no kes feschts Verspräche ischt gsy.

Änneli het zwar itz fascht nimme derwyl gha, si mit syr Sach abzgä; itz ischt vorderhang Chrigi u sy Hüraterei a der Reie gsy. Un es het d Hushaltig u alls i der Ornig wölle abgä. Ds Härz-chlopfe het's ume meh plaaget, un am Abe het es si mängischt vor Müedi nimme gspürt. Chrigi het ghörig mit ihm balget, es syg doch gar nid nötig, dass es däwäg tüej putze u no wöll vorwär-che! Vreni mach de das scho, es heig itz sy Sach meh weder nume gmacht, er vergäss ihm das nie. Das het Ännelin wohl ta, un äs hätt ja chönne säge, es heig vilicht derby no meh gwunne weder är. So ischt me mit aller Liebi usenangere, wo di jungi Frou ischt zueche züglet.

Chrigi het si no halbersch verwungeret, dass Änneli mit gue-tem Muet sy Sach zämegramisiert het u nüt het derglyche ta, ds Furtgah tüej's röie, u 's bim Adie-mache ohni Ougewasser ischt abgange. Der jüngscht Brueder het's mit em Fuerwärch greicht – der Vatter syg aber nid rächt zwäg, er wär süscht sälber cho; si gloubi itz de mytüüri afe, er syg vor Längizyti chrank. Es syg Zyt, dass Änneli ume chömm! Bim Nachberhuus sy d Mueter u Fritz unger der Hustür gstange u hei ne nachegwunke. Oh, es ischt doch e schöni Sach, we me weiss, dass me deheime wärt chunnt u eim e liebe Möntsch, wo me gäng möcht byn ihm sy, vom Umereiche het i ds Ohr gchüschelet.

Derzue gspürt es sälber, dass es chly vertüendlig ischt um-ggange mit syne Chreft, un es wett doch gsung sy, ganz gsung, wen es dä Wäg de ume zrugg fahrt.

«Woscht am Änd di Sach grad i d Stöcklistube tue?» fragt d Mueter, wo si d Gufere ablege.

«I d Visitestube?», lachet Änneli, «potz tuusig!»

Eh nei, me heig däicht, äs chönnt di Stube ha, Vatter u si gangi doch itz de i ds Stöckli, un im Huus gäb's ja o ne Änderig. Eh, si syg itz gwüss o glöibig, für abzgä. Un es wärd doch de wohl bi ihne wölle sy!

«He ja, ömel e Zytlang.»

«Isch der di Hushaltigsschuel gäng no im Sinn?»

Änneli het itz gwüss nid grad a das däicht gha; aber es seit der Mueter nache, u si het nimme wytersch gfrääglet.

Aber us em Furtgah het's einschtwyle nüt ggä. Änneli het o nid hei chönne cho löie u si früsch bchyme. Dä Vatter het ne itz zgrächtem Chummer gmacht, so schittere ischt er, un er chönnt altersthalb doch no lang zwäg sy! Nei, das ischt nid nume d Längizyti, wo däwäg an ihm zimmeret het. Änneli ischt chuum e Wuche deheime gsy, het er nimme ufmöge. Nume müede, syg er, het er gseit, weh tüej's ihm niene.

«Das bheetischt gäng», regt si d Mueter uuf, «ame Ort muess ömel der Urhab sy. Itz muess der Tokter zueche!»

Er het du mängischt müesse cho, der Tokter; es ischt gar nid guet gsy mit em Vatter. Mi chönn nid angersch säge, weder es syg alls chly erlahmet bin ihm, ds Härz, d Lunge, d Niere – ischt em Tokter sy Bscheid gsy. Mi müess luege, dass das ume i Gang chömm. U vilicht wär's grad am beschte, we me ne i ds Stöckli ubere tät, so hätt er rächt Rue!

So ischt Änneli mit em chrankne Vatter i ds Stöckli züglet. Es ischt es truurigs Afa gsy. D Mueter, die het im Huus no nid chönne ertrünne, u si wöll lieber d Hushaltig mache, weder Chrankepflegere, es miech ihre vil z fascht Angscht derby. Un er heig ja lieber, wen ihm Änneli lueg.

Er ischt nid e wehlydige Chrankne gsy, gar nid, nume vil z fascht het er schi ergä. Aber es wott glych öppis heisse, Tag u Nacht für ne Chrankne z sorge u z luege, we eim de no der Chummer u d Längizyti plaaget. Ja, die ischt itz äbe o da. Es darf Fritze itz doch nid la cho, es cha doch itz nid vo syr Sach afa rede, so lang dass der Vatter nid besser zwäg ischt! Es tät ne doch vilicht no ufrege, u a ds Furtgah darf es ja gar nid däiche. Un es hätt der Vatter so nötig, wen es drum z tüe ischt, es gspürt's.

Dür Chrigin het Fritz vernoh, wi's mit em Vatter ischt, un einischt het er schi doch nimme möge uberha u ischt cho frage, wi's gang. Er heig i der Neechi öppis gha z verrichte, het er ds Fürwort gha vor Lysin, u de heig me gar gueti Nachberschaft mit Chrigin u syr Frou. Si laji ömel de grüesse! Er het das alls chätzigs gloubwürdig chönne dartue; aber nume so im Verbygang het er Ännelis Hang chly feschter chönne trücke. Aber si hei enangere doch gseh u enangere gwüsst. Es ischt nachhär Ännelin ume liechter worde.

Fritz hingäge ischt mit schwererem Härze hei. Änneli het leid usgseh, wi ne Schatte uf ihm läg. Macht's d Angscht um e Vatter, het's zu ne grossi Burdi, tuet ds Härz nid guet? Oh, wen er'sch doch gly chönnt zuen ihm näh u sälber hüete! Es düecht ne, es syg ihm no nie lieber gsy weder itze. Un es hätt ne nötig! Aber er het's ja nid emal i der Ornig gfragt, Glünggi, was er ischt! Weder, das cha me de ändere!

Ändtlige isch es doch em Vatter besser ggange. Er het ume möge rede, het chly meh ggässe, het si ume um ds Veh u um ds Land gchümmeret, won er längszyt nüt meh dernah gfragt het. Wohl, das het ne itz ume besser gfalle, u wo der Vatter Ännelin im Gspass am Stirnechrüüseli zoge het, hätt es vor Fröid möge plääre. Es ma fascht nid erwarte, bis es ihm vo Fritze erzelle cha.

Aber es het no öpper anger druuf gwartet, für mit em Vatter z rede, so gly dass er besser drann ischt. Ruedi, wo itz für e Vatter gluegt u puret het, wett doch itz gärn ubernäh, we's em Vatter u der Mueter rächt wär. Es het ihm schlaflos Nächt ggä, dass das no nid ischt i der Ornig gsy, wo der Vatter ischt chrank worde. E Püüri weiss er ja o scho, wo nume uf e Abruef wartet.

He ja, es ischt ne rächt, mi het ja scho lang dervo gredt – nume git's doch en Ufruer un e Umstelig bime settige Wächsel! Hundertergattig ischt der Mueter i Sinn cho, was no vorhär müess sy, was me no sött mache. Änneli het ke Rue meh gha im Stöckli äne, wo's äs u der Vatter chly hätti wölle schön ha. Mi chönn ne tagsuber doch itz scho aleini la, het's Lysin düecht, Änneli sött

– – es het tuusegi für eis gwüsst. A Ännelis Härz het es gwüss nimme derwyl gha z däiche.

Änneli hätt i all däm Ghäscher inne no bau müesse lache – es het itz de das Hochzytha u Afa-Puure scho mängischt güebt; es düecht's, es sött bi ihm sälber de afe nimme vil Kumärsch gä.

Ändtlige ischt alls chly uberort gsy, ds Hochzyt verby, di jungi Frou da, mi ischt zgrächtem i ds Stöckli ubere züglet. Itz, meint Änneli, chönnt sy Zyt o cho, es wär parat. Nei, mit em Härz sött's no chly bessere, di urüejegi Läbtig het's doch chly nachegno. U we's no einischt zum Tokter gieng! Es wett doch sicher sy, dass es nid e wüeschte Bräschte hätt!

Dä het ds glyche gseit, wo der anger scho vor Jahre: we's Sorg heig u si nid ubertüej u nid tüej ufrege, so chönn's alts wärde. «Was sägit Der de wäg em Hürate?» «Aha!» Er setzt ds Hörrohr no einischt a. «Trachtit ömel na eim, wo Verstang het für zwee!» macht er, «u mi cha da eigetlich nid vil säge, weder was i scho gseit ha: mit em Wärche u allem nid ubertrybe!» Won es ihm Adie seit, bhet er ihm no chly d Hang i syre u seit: «Gällit, nid pressiere mit em Hürate, es wird nid verbotte!»

Änneli het nachhär eigetlich gar nid rächt gwüsst, ob er ja oder nei het gseit. Aber es nimmt's für nes Ja. U doch schlaft es fascht nüt di sälb Nacht u studiert drann ume, was es Fritze säge söll, wen er'sch fragt. Es gspürt ja, dass er druuf wartet. Das weiss es ja itz afe us eigeter Erfahrig, dass ihm Chummer u Angscht meh zuesetze weder d Arbeit.

Am Morge druuf isch es schlächt glöiet u chly matsch ufcho. «Wi hesch du ne Farb, ganz blaus unger de Ouge dür!» regt si d Mueter uuf. Si het lang anger Sache gha, wo se si dermit het müesse abgä, itz wachet ere d Sorg um Ännelin ume uuf. «Itz muess da öppis gah!» Si het no nid usgredt gha, wo Hans, der eltisch, unger der Stubestür steit: Si syg de Grossmueter worde, letschti Nacht, si heigi e Bueb ubercho. Tuusig hingere! Lysi ischt sofort ume in es angersch Fahrwasser cho, Züpfe het müesse bache sy, u Änneli ischt wääger nid derzue cho, nume e Momänt chly abzlige.

Na zweine Tage ischt Hans scho ume da gsy. Aber nimme lächerlige u stolze. D Frou syg chrank u d Hebamme säg, es müess da no e vertroueti Pärson zueche, wo me si uf se chönn verla. Mi wüsst niemmere weder Ännelin, mi wär si grüüsli froh, we's chönnt cho ushälfe. Em Vatter gang es gottlob ja ume besser!

Änneli het sofort wölle zuesäge, es het gar nid angersch chönne; d Mueter hett o gseit, das verstang si von ihm sälber, dass es chömm. Aber der Vatter het chly ufgredt, itz heig es mit ihm däwäg bös gha u si müesse ubertue, un itz wöll me's scho ume aspanne. Änneli het's ganz ungärn gha, dass er so het gredt – das mach wääger nüt, es mach si grad zwäg u chömm mit, u d Mueter het versproche, es chönn de nachhär chly Ferie mache u vilicht einischt in es Bad, wi me scho lang gmeint heig. Aber das ischt itz ja Näbetsach gsy.

«So, Vatter, stell di de brav!» het Änneli em Vatter gflattiert, won es ggange ischt, «dass de ume buschpere bischt, wen i hei chume!»

Es sy paar schwär Tage nache cho, voll Angscht u Chummer; es ischt lang uf der Gnepfi gsy mit der junge Mueter. Änneli het hert drunger glitte u het der Schlaf nid funge, wen es scho ischt abglöst worde u si hätt chönne ergä. Ja, es het sys Härz ume gspürt! Wo's mit der Chindbettere ume uf guete Wääge ischt gsy, het si o äs ume zwäggla. «Üsersch Änneli het gar e dünni Schale um sys Härz», het der Vatter einischt gseit, wo's grüüsli het müesse briegge wäg eme Füli, wo ischt chrank gsy. Hans het a das müesse däiche, won er gseh het, wi Änneli mittreit u mitlydet. «Äbe bin i dertdüre so nes Dumms», verspricht si Änneli, won er'sch der Frou erzellt het. «Eigetlich bin i gar ke Troscht für chranknig Lüt!» Da ziet's d Schwägeri zueche u leit ihm der Arm um e Hals: «Oh, wen i di nid hätt gha! I ha gar nid gwüsst, wi nes liebs dass du bischt!» Das ischt schöne Lohn gsy u guete Balsem für sys Härz. Der bescht Tokterzüüg ischt zwar du no für is gsy, wo Fritz amene Sunndig-Namittag ischt derhär cho. Chrigi u sys Vreni hei ne gheisse mitcho, wo si der Stammhalter sy cho luege. U ihn het nöjis wäg ere Maschine wunger gno.

Si hei nid vil chönne alleini zäme brichte. Aber es het Ännelin ume düecht, es louf uf Wulche, un es heig Fäckli ubercho. Wi het es si nume chönne plaage, es sött vilicht Fritze absäge, wo's doch bis i d Fingerbeeri use gspürt, dass es mit tusig Fäde an ihn gchnüpft ischt! U we me itz scho no warte muess – si sy ja jung! Mi hätt ihm di strängi Zyt nid agseh, won es ume heicho ischt. Aber em Vatter het's der Finger ufgha un ihm kapitlet: Er heig gloub aber nid gfolget u heig si nimme dinne chönne stillha! Es bing ne itz de a, wen er gäng gang ga hälfe i ds Huus ubere.

Es ischt nid derzue cho. – Am Tag druuf ischt der Vatter ame Härzschlag gstorbe.

Änneli het si nachhär mängischt gfragt, wi äs das alls heig möge uberstah. Der Vatter, dä lieb, guet Vatter eso müesse z gä, dä unerhört Chlupf, wo's ne gstorbne uf em Ruebett het funge, won er sys Mittagsschläfli het wölle mache – d Mueter, wo fascht zum Hüsli uus cho ischt u me für sche Angscht het müesse ha, d Brüeder, wo Änneli süscht no nie het gseh plääre, di vile Verwandte, wo me ne hätt sölle brichte, wi das itz ömel o syg ggange u ob me de vorhär gar nüt gmerkt heig u kener Zeiche sygi gsy! Het äs das eigetlich erläbt? Es chönn si itz no rächt guet dry schicke, het's d Lüt ghöre säge. Aber es ischt ihm ja alls gsy, wi ne böse, schwäre Troum, wo's doch de öppe druus müess erwache. Nume a eis bsinnt es si: Wo si näb em Grab gstange sy, u 's gmeint het, itz ertrag's es nimme, het es ungereinischt e Hang unger sym lingge Ellboge gspürt, «Fritz». Es het's vilicht süscht gar niemmer gachtet; aber ihm isch es ume Stäcke u Stab gsy, won es si dranne het chönne ha. Dass eim e Möntsch so cha hälfe! We's doch der Vatter no hätt gwüsst, dass eine da ischt, wo's wett uf de Arme trage, so wi är! Oh, di Längizyti! Es weiss nid, ob si nach em Läbige oder nach em Gstorbne grösser ischt. Si tuet sym Härz nid guet, es fladeret mängischt i der Bruscht, wi nes Vögeli, wo use möcht.

We nume d Mueter si chly besser chönnt dry schicke! Es het Ännelin vorhär mängischt düecht, si syg chly ne herti un es ubernähm se nid gschwing öppis. Aber itz wott u wott si das Schwäre eifach nid anäh. Itz, wo me im Stöckli syg u's der Vatter chönnt schön ha, wo me itz no chly öppis vom Läbe hätt möge profidiere, müess dä stärbe u heig ere nid emal Adie gseit. U heig nid emal Hanses Buebli gseh u heig si so druuf gfröit gha. U no nid elter, u ihre nüünzgjährig Vetter müess de gäng no läbe, wo so gärn ab der Wält gieng. Si ischt i ihrne schwarze Gedanke inne verlyret gsy u nimme druus use cho. So darf se Änneli nid aleini la, es muess sys Härzstübli no einischt chly bschliesse u syner Plän, o wäg der Hushaltigsschuel, no einischt zruggstelle.

Äs u Fritz hei enangere gschribe, «warte» ischt o hie ds Stichwort gsy. Mi dörf der Mueter itz nid mit däm cho. We eigetlich scho nie ischt druber gredt worde, so het Änneli doch gwüsst, dass ihm d Mueter wird dergäge sy, we's vo Hürate redt. Es cha's ja itz begryffe, si wär o gar verlasse i däm grosse Stöckli inn.

Ändtlige het es se chönne uberrede, dass si einischt isch mitcho zu Chrigin. Es het ja Ännelin mit allne Haare zoge. Un es bruucht der Chopf nid z verdräje, ob Fritz i der Neechi syg – bhüetis nid.

«Gang mach chly der Chehr, u lueg, ob mer d Sach i der Ornig heigi!» seit Chrigi nam Zmittag. Das Meitschi tuuret ne. Dürhar muess es i d Lücke stah, un es ischt strängs für is, Tag für Tag der Mueter ihrer Chlaglieder abzlose. Es ischt ja itz i Gottsname so mit em Vatter u nüt meh z ändere! Er het im Sinn, ere ghörig zuezspräche. U di zwöi chöi der Rank o nid finge!

Es wöll der Mueter im Huus äne no für dä schön Chranz ga danke, seit Änneli. Won es ubere chunnt, steit Fritz scho im Husegge u füert's bir Hang i d Stube yche. «Lue, Mueter, da ischt Änneli!» Oh, wen er doch scho dörft säge «mys Änneli»! Warum chan es ihm nid Ja säge, won es doch so an ihm hanget! Anger Müetere müesse ihrer Meitschi o gä, das ischt der Wält Louf!

Si hei glych e schöne Sunndig gha. D Mueter het gseit, we si re's nid übel nähmi, so gieng si chly ga ablige, d Bei wölli re's mängischt o nimme rächt ha. So sy si ganz alleini i der Hingerstube uf em Ruebett ghöcklet, u Fritz hätt doch itz gärn wölle wüsse, woran dass er syg. Wi gärn wär ihm Änneli a Hals ghanget u hätt gseit: «I chume lieber scho hütt weder erscht morn!» Aber es het i der letschte Zyt ume so vil Härztropfe müesse näh, u de

114

äbe wäge der Mueter. Es seit's Fritze grad, wi's ihm ischt, es wett eifach ghörig gsung sy, es wett ihm das nid anne mache, e chrenklegi Frou z ha, es heig ihm's itze mängischt uberleit. «Änneli», erchlüpft Fritz, «das wird der doch nid ärscht sy!» – «Eh, nid für gäng!» tröschtet's ne, das gstieng es ja sälber nid uus! Er syg ihm ja vil z lieb. So schön het's das chönne säge, dass Fritz gar ke Ursach meh het gha, für no e Lätsch z mache.

Wo's itz o gäng syg gsy, fragt d Mueter, u ob's der Vatter scho vergässe heig, dass es däwäg lächerligs syg. «Mueter, Mueter», bricht ere Chrigi ab, «so muescht nid, bis du froh, dass es so ischt druber düre cho!»

«Ja, wen i nume o chönnt!» U scho het si ume am alte Trom zoge.

«Itz muess da öppis gah!» het Chrigi zur Frou gseit, wo si dem Fuerwärch hei nachegluegt. «Änneli ma das i d Lengi doch de nid erlyde!»

Änneli sälber ischt ume rabiater gsy! Es wott eifach itz sym Tschäderhärz Meischter wärde, un es wott's itz doch der Mueter säge. Es het itz Muet gfasset.

D Mueter sälber het ei Abe der Astoss ggä derzue. Si het si itz ehnder afe chly zrächtgfunge. Es syg doch guet, het si gseit, dass Änneli nid heig ghürate, was si ja sött, ohni ihns! U si syg so froh, dass me di Stöcklistube für ihns heig la zwägmache. So heig es itz doch es Hei.

«Aber du wirscht doch nid meine, das i myr Läbtig i der Stöcklistube söll sy – u mit em Hürate ischt no nüt versuumt!» ertrünnt Ännelin.

«Was? Du wischt mer doch nid öppe wölle säge – –»

«I hätt der'sch gärn scho lang gseit, u we's mit em Vatter nid so wär ggange, hätt i ehnder gredt.»

«Um ds Gottswille, itz no das!»

«Aber Mueter, das ischt doch nüt grüüsligs, we es Meitschi ds Hürate im Sinn het, oder?»

«Ja, we eis gsung ischt. Aber nid du mit dym Härz! A das darfscht du gar nid däiche! U de no lahms!»

«Mueter!» Es ischt e Schrei us töifem Härze.

«Meinscht öppe, es tüej mi nid o tuure? I ha öppis düregmacht, i cha der'sch säge!»

«Wäge däm chan i glych my Sach mache. I ha bis dahi o nid chönne im Truckli inn sy!»

«Aber itz chaisch es de schön ha! – Es wird dä Fridu sy?»

«Fritz heisst er, u ischt e liebe, guete Möntsch. I wär i guete Häng byn ihm, u i ha ne gärn!»

«So – u de woscht ihm das anne mache? Oh lue, i gseh wyter weder du! I weiss, wi's ischt! Im Afang wurd das scho guet gah, u so lang dass de no zwäg bischt; aber däich a d Näjere, däich, was das für ne Ma ischt, es settigs Chrüz z ha! Das erleidet jedem. U däich, wi du di müesstischt plage, dass de nid meh Verstang hescht gha! Du wurdischt ungfelig, gloub mer'sch!» D Mueter het us heligem Gloube use gredt, u nid emal a seie sälber däicht.

«U der Vatter? – Was hätt der Vatter derzue gseit?» Änneli fragt's mit ruucher Stimm.

«Der Vatter?» Was söll Lysi säge? Aber es weiss, wi vil dass sys Wort ggulte hätt. «Der Vatter wär wääger o glycher Meinig gsy; warum hätt er de süscht so Chöschte gha für di schöni Stube?»

Änneli schweibet, wo's ufsteit, es tuet paar Schritt gäg der Tür zue. Mit lääre Ouge luegt es dry, u ob's d Mueter het chönne ha, fallt es vo Sinn.

Lysi tuet e Brüel, si hei ne im Huus äne ghört. Es het nüt angersch ggloubt, weder das Meitschi stärb ihm unger de Hänge. Vom Huus ubere ischt di junge Frou cho z springe, mi het Ännelin uf ds Ruebett gleit, het ihm Umschleg vo Chirschiwasser uf ds Härz gmacht u Hofmannstropfe a d Stirne.

Es ischt no churzum ume zuen ihm sälber cho; aber es ischt so bleichs gsy wi der Tod. Oh – u dä Schmärze! es verhet, es ischt ihm, ds Härz heig nimme Wyti gnue.

Wo der Tokter ischt cho, isch ds wüeschtischte verby gsy. «Ja, ja, das tuusigs Härz!» macht er, «chly uberasträngt, u dernah dä Chlupf, wo der Vatter gstorbe ischt!» Lysi seit nüt, was süscht no ggange ischt, es bigährt das nid a di grosse Glogge z häiche. Das Chrüz ischt süscht afe schwärsch gnue.

116

Es het Ännelin fascht d Häng unger d Füess gleit drufache. Es het nüt dörfe arüere, für z mache, won es ume ischt uuf gsy. We's nume plääre chönnt, we's nume rede wett! Aber das Dry-luege u i eis Loch yche stuune gsteit's fascht nid uus. U we me's itz in es Bad schickti? Nei, es mög nid! «Was möchtisch ächt de?» – «Nüt!» Oh, we nume niemmer öppis tät zuen ihm säge, so seer ischt alls in ihm. Lysi wär gärn no einischt hingervür u hätt no öppis guetgmacht, aber es het si nid trouet.

Ei Tag het Änneli gschribe. Es het der Brief sälber em Pöschtler ggä. Aber am Samschtig druuf seit's: «Fritz chunnt de morn, mir wäri de gärn chly alleini!»

Lysi het scho öppis zvorderischt uf der Zunge gha; aber es het's ache gschlückt u ischt use. Es gäb wääger gärn e Finger vo der lingge Hang, we's dermit Ännelin öppis chönnt abnäh! Für chly nes Zeiche z tue, het's es Hammli gchochet, es wärd ihm de wohl öppis wölle Zabe gä! Änneli het nüt druuf gseit. Däwäg vernaglets bruuchti's de notti nid z sy, we me's nume guet mein, düecht's Lysin.

Wi wett ja das arme Änneli e angere Gedanke chönne ha, weder a das schwäre Wärch, wo vor ihm ligt! Es weiss itz, das ischt der Schatte gsy, won es scho lang gspürt u gförchtet het; es het ihm nume der Name nid wölle gä. Es cha der Mueter nid zürne; di schwäri Kryse, won es het düre gmacht, ischt ihm da Bewys gnue, wi's mit ihm steit. E gsünge Möntsch fallt nid däwäg vo Sinn, gspürt ds Härz nid bis a d Rüppi use topple. Oh, es ischt doch nume e Wäschlumpe, wo jedes ruuche Lüftli umblast. Nei, e settegi Frou söll Fritz nid ubercho!

Wo Lysi Fritze het gseh cho, ischt es bir hingere Tür use gäg em Chilchhof zue.

Es het nie e Möntsch verno, was di zwöi denn gredt hei, wi's Änneli het vürgno, dass Fritz het müesse begryffe, dass es nid angersch cha sy, dass das itz ihre Wäg ischt. Aber es ischt Lysin doch e chlynne Troscht gsy, wo's het gseh, dass ds Hammli aghoue ischt u ds Gaffeegschir uf em Tisch. Aber es het kes Wort gfragt. O speter nid, es het gspürt, dass es dert nid dra rüere söll.

Nume Chrigi het verno, dass e Stärne ungerggange ischt, aber dass di gueti Nachberschaft glych blybe söll. Das hei si enangere versproche. Es ischt ne grüüsli leid um Ännelin, u si schüüche si fascht, ihm z säge, es gäb de churzum z goume bi ihne.

Izt hätt's also Änneli sölle schön ha i syr schöne Stöcklistube u nimme meh wärche, weder dass ihm wohlta het. Lysi het das itz eifach so wölle ha. Aber Änneli het vo Furtgah gredt, es wöll doch o no für öppis sy uf der Wält. Es möcht zu Ching, vilicht in e Anstalt zu arme Tröpfli. D Mueter het d Häng uber em Chopf zäme gschlage: e settige Uverstang, d Lüt heigi niene böser, weder ame settige Ort. Das tüej si eifach nid!
Ja, da cha me säge! Nid lang dernah het d Äbnit-Mueter der Schlag troffe, u si ischt uf eir Syte glehmt gsy. Nei, itz het Änneli nimme dörfe a ds Furtgah däiche, un es het ume gwüsst, für was es uf der Wält ischt. Mi het zerscht gmeint, mi wöll für öppere luege, es wärd ihm süscht zvil, u d Mueter syg gar e schwäri Frou. Aber es het abgwehrt. Wen ihm öpper vom Huus chömm cho hälfe bette, so gang das scho. Mit öppis het es ja di grüüslegi Lääri müesse usfülle, won ihm der Bode unger de Füesse dänn gno het.
Ja, itz het's chönne zumene Ching luege, zume arme, wo si schlächt het chönne i das Ungfehl schicke. Es ischt fasch chrenker gsy am Gmüet weder am Lyb. «Dass Änneli mit sym Härz u mit sym lahme Bei das usgsteit!» hei si d Lüt gfragt, «es muess gsünger sy, weder dass me gmeint het!» Änneli het si mängisch sälber verwungeret, dass es d Chraft u d Geduld nid verlore het. Es het beedes mängischt bitter nötig gha.
Vier Jahr lang het es zur Mueter gluegt. Si ischt nie meh vom Bett ufgstange. Mit der Zyt het se si dry chönne ergä u het's chönne anäh. Un itz het si doch o no chly der Wäg zu Ännelis Härz gfunge. Si het so vil druber gredt gha u si mit Tropfe u Abwehre drum gchümmeret u het doch eigetlich im wahre Ganze nid vil dervo gwüsst. Itz gspürt si's us allem use: Wi's ere ds Chüssi zwägziet, re ds Ässe bringt, e Meie uf e Tisch stellt, re brichtet, was im Huus äne gang, ja, es trybt no fascht Hoffert

118

mit ere. Nume di schönschte Azüg sy guet gnue, es näjt ere Spitzli a d Nachtjagge, wäscht se u strählt se, wi we sie z Bredig wett. «Gäng gsunndiget», säge albe d Lüt, wo zue re chöme, «so nes Änneli sött me ha, we me chrank ischt!»

Derwyle ischt ds Läbe wyter ggange. Zum erschte Grossching sy angeri cho. «Chönnti mer der öppe chly ds Chlynne ubere gä?» wi mängischt isch d Bruederschfrou cho frage, «mir sy hütt grüüsli im z Tüe inn!» Itz bin i wääger scho ne rächti Stöcklitante! het Änneli mängischt däicht. Grad das, won es nid het wölle sy!

Vo syr schöne Stöcklistube het's zwar weni gha; es het bi der Mueter inn müesse blybe. Nume so hie und da het es müesse alleini sy, het es mit ihm sälber z tüe gnue gha. De isch es mängischt mit verbrieggete Ouge u me merkwürdige Glanz uf der Stirne us syr schöne Stube cho. «Hescht ume bim Härz?» het d Mueter gangschtet, we si's gseh het. «Es ischt itz ume verby», het Änneli gseit, u sys alte Lächle ume funge.

Es het's hert gha, wo d Mueter gstorben ischt. Itz steit es ume mit lääre Hänge da. «Itz lueg afe chly zu dir!» hei d Brüeder u d Schwägerinne gseit. Si hei's guet gmeint; aber es cha doch nid ohni Zwäck u ohni Ufgab es Stöckliläbe füere! Es förchtet si ganz dervor. Da chönnti di dumme Gedanke cho!

Vo Fritze het es gwüsst, dass er itz het ghüratet. Es Meitschi us der Nachberschaft. Änneli sälber het ihm ja denn agha, er dörf sys Läbe wäge däm nid verderbe, das wär süscht no sys gröschte Leid. Aber schlaflos Nächt het's halt glych no ggä, u ds Härz het si früsch ume wölle böimele dergäge. Weder itze meint's, syg es doch druber düre.

Änneli ischt ja no jungs. Bloss dryssgjährig. We si scho paar fyni Chrinneli yzeichnet hei, tuet das syr Hübschi ke Abbruch, u das guldige Chrüüseli hanget ihm gäng no uber d Stirne, so mängischt dass's es hingerestrycht. Änneli ischt itz o nes rychs, un es chäm itz mängem i Sinn, das Vögeli i sys Chrääzli z tue. Das Himpe nähm me gärn i Chouf. Aber Änneli wehrt bi jedem vor un eh ab. We's mit Fritze nid het sölle sy – – un uberhoupt, es chönnt gar nid, es cha ds beschte in ihm nid zwöimal verschäiche.

Änneli het si mängischt vorgstellt gha, wi das de wärd sy, we's Fritz chömm cho reiche. We si vom Äbnit dänn fahri dür das Land ab u wi de vo wytems di zwöi Purehüser, Fritzes u Chrigis, us der Hoschtert use grüessi. Es müesst de Hustage sy, un alls i der Bluescht.

Itz isch es so! Nume het anstatt Fritz der Brueder Chrigi ds Leitseili i de Finger. Er ischt grüüsli trückte. Sider em dritte Ching ischt sys Vreni nimme zwäg. E merkwürdegi Lehmi ischt uber is cho, u anstatt z bessere, böset's fascht vo Tag zu Tag. Es cha mit Müej u Not im Huus ume loufe u muess si o da a allne Orte ha. Es ischt ihm nimme mügli, d Hushaltig z mache u zu de Ching z luege. Er wüsst niemmere weder Ännelin, wo da chönnt cho i d Lücke stah. Aber er het fascht nid dörfe frage, scho wäge Fritze. Das rüert däich früsch ume i der Wunge, er weiss scho, dass si bi beedne no nid ganz vernarbet ischt. Aber we me si süscht nimme z hälfe weiss!

U Änneli ischt gsy wi gäng! Sofort chömm es, es heig ja itz guet derwyl! D Stöcklistube ischt bschlosse worde, der Schlüssel im Huus äne abggä, d Chatz desglyche, u zum Meiezüüg sötte sin ihm o luege. Es wüss ja nid, wi lang dass's gang, bis es ume chömm.

Mängergattig Gedanke chöme uf der Fahrt; aber Änneli nimmt si zäme, es wott si nid drinne verliere. Es spricht Chrigin zue, er dörf nid öppe der Muet verliere, u we Vreni itz de chly meh Rue heig u me guet zuen ihm lueg, wärd das scho ume bessere.

Aber es erchlüpft doch, won es di jungi Frou gseht. «Herjemerschgott!» Ischt das Vreni, wo vor Gsundheit fascht versprützt ischt, wo denn am sälbe Höimonet-Sunndig gäg em Tanzsaal zuegümperlet ischt un äs het müesse nache himpe! Es wachet ihm uuf, wi's erscht geschter wär gsy.

«A allne Orte hei mer en Unornig», verspricht si Vreni, «aber i ha eifach nimme chönne!» Ds Ougewasser chunnt ihm ob sym Eländ.

«Das macht nüt», seit Änneli, «i weiss ja d Chehre no, u was

120

i nid weiss, chumen i cho frage! D Houptsach ischt, dass du di itz still hescht!» Es het Vrenin düecht, es liechtin ihm scho, wo Änneli ischt uber d Schwelle trappet.

Wahrhaftig isch es nötig gsy, dass öpper ischt cho, wo het gwüsst, wo afa! Das junge Meitschi, wo d Sach hätt sölle mache, ischt ja sälber no es Ching. Zerscht wird es si afe dem Chlynne anäh. Das ligt nasses i der Wagle u brüelet. Änneli het ja scho afe chly Üebig, un uf der Stell isch di chlynni Jumpfere troche un uberchunnt ihre Schoppe. Dem chlynne u dem grosse Vreni ischt hütt no nüt gstrählt worde, der Bueb no nüt gwäsche. Änneli muess ghörig hingere litze u hätt nid emal derwyl, i ds Nachber-huus ubere z luege! Ds Jümpferli wär gar nid es ugattligs, u won ihm Änneli brichtet u zeigt, was es söll mache, lat es si bruuche. Vreni het eifach nimme möge.

Änneli ischt ume i sys alte Stübli cho, nume steit itz d Wagle näb em Bett, mit em chlynne Züseli drin, u zum Nachberhuus ubere sött es ja nimme luege. Aber es wünscht ihm ja nume Guets, un es wett nid mit eme Atezug Fritze ume zuen ihm zie.

Scho ds mornderischt ischt d Mueter ubere cho. Si het galtet u d Hang zitteret ere, wo si Ännelin grüesst. O äs gspürt sys Härz bis i Hals ueche chlopfe. Aber dernah gspüre si beidi ds alte Guetmeine u verstah enangere ohni vil Wort. D Mueter muess Ännelin gäng ume gschoue. Isch es nid grösser weder früecher? Het es scho früecher dä Glanz i de Ouge gha? «Wi geit's der süscht?» fragt si. «No rächt guet», lächlet Änneli, «ds Härz het si zwar no nid vil besseret.» Was het Fritz einisch gseit: Änneli heig ds bescht Härz wyt u breit. Ja, er het rächt gha, süscht chönnt's nid di Burdi uf is näh, wi we si das von ihm sälber tät verstah. «We mer öppis chöi hälfe, so säg's!» Di gueti Nachber-schaft ischt gäng no da.

Un es het doch albeinischt Fritze zwüsche de Granium düre nacheglued u het si gluegt dra z gwane, dass er itz ere angere zueluegt bim Gartne.

Am Sunndig druuf ischt er ubere cho u d Frou mit ihm. Si het es chlys Ching uf de Arme treit. Änneli heiss es, d Frou heig gseit, dä Name gfall ihre am beschte.

Änneli weiss fascht nid, wohi luege. «So!» macht's mit dünner Stimm. Chrigi hilft ihm chly zwäg: jä, er laj de nüt uber das Änneli säge, er syg ihm Götti! «Hoffetlig gschlat's dem grosse Änneli nah», seit di jungi Frou, «si hei mer vil vo der brichtet, u drum han i es Änneli wölle!»

Ungereinischt ischt alls luter u klar, Änneli bruucht der Blick nimme z Bode z schla, es cha mit Fritze u der Frou brichte, es nimmt das chlynne Änneli uf en Arm u bhouptet, es chönn prezys ds Näsi rümpfe wi der Götti. Ob er ihm das itz scho aghäicht heig? U dernah lachet's: Grad z fascht sött das chlynne Bohni ihm doch nid nache arte.

Es het's nachhär düecht, erscht itz syg sys Härz zgrächtem zur Rue cho, un es het nüt zückt, won es gseh het, wi Fritz der Frou d Hang unger e Ellboge leit, wo si ds Ching druffe treit. Es danket im stille, dass er so ischt u so blibe ischt.

Aber süscht isch es nid liecht gsy. Mit Vrenin isch es nid guet; es ischt nid lang ggange, het es gar nimme chönne loufe. Der Tokter het es Fröndwort bruucht – Änneli het gwüsst, was es bedütet, dass di Lehmig mit der Zyt der ganz Möntsch i Fessle leit, dass es Vrenin nimme besseret. Mi macht ja no, was me cha, es söll nüt versuumt wärde.

Ds Schwerschte ischt gsy, wo's Vreni sälber gmerkt het, wi's mit ihm ischt. Itz het Änneli ume alli Chraft bruucht, für ihm dür di Feischteri dür z hälfe. Es het ihm zum Gfalle ta, was es het chönne, het's gluegt ufzheitere, win es d Mueter ufgheiteret het. «Ach, wäng doch nid so a!» het Vreni abgwehrt, we's ihm ds Ässe brunge het, oder ihm gstrählt, oder ihm e bluemete Azug un es Lyntuech mit eme schöne Name het darta, «es ischt si nimme derwärt wäge mir!» U dernah ischt ds Eländ ume uber is cho. Aber es het ihm doch wohl ta, es het danket, het si zäme gno, wil ihm Änneli het zuegesproche, es dörf si nid la gah, scho wäge Chrigin u de Ching! «I cha ne ja nüt meh sy!» het's gjammeret. «Wohl, du chaischt ne zeige, wi me öppis Schwärsch treit!»

Vrenis Lyde het sibe Jahr tuuret. Mi het's zletscht müesse goume wi nes Ching. Aber es ischt so nes liebs un es geduldigs gsy, dass si alli fascht nid hei chönne dry schicke, wo's d Ouge het zueta. «We mer di nid hätti gha, Änneli!» ischt eis vom letschte gsy, wo's gseit het.

Derwyle sy d Ching gross worde oder ömel us dem Gröbschte use gwachse. Es sy gfröiti Purscht gsy, Änneli het se gärn gha u si ihns o. Itz het me si no neecher zäme gla. Vorhär isch es Änneli dra gläge gsy, dass si der Mueter nid etfrönde, u si het ne no vil chönne sy.

Jä, u de Ännelis Härz? Sys Lahmgah? «Es schlat ömel gäng no!» het's einisch gseit, wo si im Nachberhuus um is gchummeret hei, «u mit em Gangwärch han i nid ghübschet!»

Es ischt ke bittere Ton drin, wo's das seit. Der Liebgott het ihm ja so vil zuetrouet, wi nid gschwing emene Möntsch.

Es het sälte mit Fritze alleini gredt, meh weder z grüesse, wen er verby ischt. Aber einisch het's es troffe, dass si zäme bim Vernachte vom Dorf hei sy. Bim Bänkli unger der Linge ischt er blybe stah. «Chumm, Änneli, mir wei chly löie!» Er möcht ihm eifach no einisch säge, dass es gäng no deheime ischt byn ihm, wi nes liebs Andänke, wo me nid furt git. «Was hescht du alls müesse uf di näh!» seit er; «i ha mängischt Angscht gha um di. Ke Möntsch hätt ggloubt, dass du das möchtischt uberstah!»

«Der Möntsch gseht äbe nid wyt. I muess mängischt a üsi Mueter däiche, wo het gmeint, si müess no uber ds Grab uus für mi sorge!»

«Si het di denn abwändig gmacht, gäll!»

«Es het so müesse sy, das weiss i hütt, si ischt nume ds Wärchzüüg gsy derzue. Du bischt zfride, gäll Fritz!»

«Wi sött i nid zfride sy, we me di gseht! I ha vil vo der glehrt, Änneli!»

«U mi fröit's, das mi nid an der trumpiert ha. Aber itz wei mer hei. Bhüet di Gott, Fritz!»

«Schlaf wohl, Änneli!»

Mit Chrigin het's o einisch en Ussprach gha. Er wüss nid, win er das an ihm söll guetmache, het er gseit. So mängs Jahr heig es itz ihm zum Opfer brunge!

Das syg kes Opfer gsy, wehrt Änneli ab, u das gäb nüt guetzmache; er söll si itz nid öppe no plaage! Was sys Läbe ja wär gsy, wen es syner Chreft nid hätt chönne bruuche u für öppere hätt chönne e Nutze sy?

«Aber itz giengischt gwüss allwäg gärn ume hei? Vilicht chönnti mer'sch itze mache!»

«Jä, bi der itz ungereinischt vürig?» Änneli het fascht nid gwüsst, wo Chrigi use wott.

«Was däichscht o! Aber i cha's fascht nimme verantworte! Du hescht Gält, du chönntisch es schön ha im Stöckli u hättisch es meh weder nume verdienet! U dym Härz u dyne Bei wär's ändtlige z gönne!»

«Oh, so nes Härz ma meh erlyde, weder dass me meint. Das han i itz erfahre.»

«Ja meinsch, du wöllisch no chly byn is blybe?»

«So lang dass dihr mi no nötig heit un i ma!»

Itz brichtet Änneli doch dervo, es wöll hei u i ds Stöckli. Es darf itz scho dra däiche; d Ching sy alli erwachse u wüsse si sälber umztue u z hälfe. U derzue het es ihm i der Letschi rächt böset mit em Loufe; ds Härz fladeret albeinisch ume so merkwürdig, dass es chly Angscht uberchunnt. Es ischt itz Zyt für is, es wott ne de nid no zur Lascht falle. Un es fröit si itz uf sy schöni Stube, fröit si uf d Stilli vom Stöckli u dass es Vatter u Mueter ume chly neecher ischt. U di angere Gschwischterti möcht's itz de o chly meh gseh. Es ziet's eifach hei.

Wi lang isch es itz da gsy? Meh weder zwänzg Jahr!

Änneli lächlet u strycht i syr alte Manier, won ihm so wohl asteit, ds Chrüüseli us der Stirne. Was macht's, dass us däm guldige Flöckli es silberigs worde ischt! Es sy ja kener verlorni Jahr, si hei sys Läbe gfüllt bis zum Rand u 's rych gmacht!

Worterklärungen

Abesitzle: am Abend gesellig
    zusammensitzen
abrääfe: hart anfahren, schroff
    abfertigen
Änglefi, endlefi: elf
Agerschte-Oug: Hühnerauge
aleflandersch: wunderlich
Ambeisse: Ameise
angfährt: zufällig, aufs Gerate-
    wohl
Arichtloch: Durchreiche für Spei-
    sen zwischen Küche und Ess-
    zimmer
Armerischt: Armbrust

baaschte: am wohlsten, besten
baase: besser werden
Bagaaschi: Gepäck, Plunder
barte: sich rasieren
Beel: grober, plumper Kerl
bheete: behaupten, versichern
Biecht: Rauhreif
Blettli: landläufige Bezeichnung
    für das ehemalige «Emmen-
    taler Blatt», heute Teil der
    «Berner Zeitung»
blinzlige: blindlings
Bohneli, Böhneli: Kosewort für
    Mädchen
borge: Sorge tragen, schonen
bouele: brummend schimpfen
Bradlikant: Schwätzer
Brattige mache: in Nachdenken
    versunken sein
butele: in den Armen wiegen

chniepe: trödeln
chrällele: perlen
Chuchidraguner: Köchin

dischpidiere: diskutieren

Elle: Masseinheit, ca. 54 cm

Fäckli: Flügel
fäliere: herumhantieren
Fääschiching: Wickelkind
fiegge: herumrutschen, in
    Bewegung sein
fisle: herumschwirren, herum-
    treiben
Flachsere: Flachspflanzung
Föifedryssger: alte Münzeinheit,
    Taler (35 Batzen, heute etwa
    5 Franken)
Franzbranntewy: Medizinalbrannt-
    wein zum Einreiben
frein: liebenswürdig, freundlich,
    zugänglich
fünke: stopfen

ganggelochtig: verspielt
ganggle: den Narr machen
gerggelig: pedantisch, beckmesse-
    risch
Gfelhafe: jemand, der Glück hat
Ghäscher: Aufregung
gherrschelig, herrschelig: hoch-
    mütig, vornehm tuend, mo-
    disch aufgeputzt
Glejänt: Klagen
glesüüre: glasieren
Gloschli: Unterrock
gloubfläck(l)et: mit Sommer-
    sprossen versehen
Gnapp: wankender Gang
gräschlig: munter
grobiänisch: grob, unfein
Grotzli: kleines, oft schiefgewach-
    senes Tännchen
gschlumpelig: schlaff
Gufere: Koffer
Gugger: Kuckuck
gugle: fröhlich lachen
Gunterääri, Gunträri: Gegenteil
gwaglet: gewiegt, erfahrungsreich
gwünd: gewiss, sicher, wirklich

Habch: Habicht
hassber: hässig
helig: heilig
Hemmlisförmli: Hemdknopf
höhn: ärgerlich, wütend
Hoffert: Hoffart
Hoffertstil: hoffärtige Frau
Hüpli, Hüple: in die Finger neh-
men, dressieren, erziehen
huslig: sparsam
Hustage: Frühling
Hüttechnächt: Käsereiangestellter
Hullertee: Holundertee
Hung-Ankebock: Honig-Butter-
brot

Jahn: Schwall
janergott: bei Gott
jemerischt: bei Gott

kapitle: schelten, zurechtweisen
Kress: Kerl
Kumärsch: Unordnung
Kumedi: Komödie, Vorstellung
Kunzine: Weisung, Befehl

Läsratz: Bücherwurm
Lou: Belag mit Tannzapfenschup-
pen oder Rinderstücklein auf
den Wegen im Bauerngarten
Loudi: sorg- und gedankenloser
Springinsfeld
Lütewärch: Menschenwerk

meischteriere: ein Geschäft als
Meister führen, befehlen
Mekan: Bremsvorrichtung am
Wagen
Merinochittel: Jupe aus Schaf-
wolle
Meschti: Kompost
minischtere: regieren
Mösch: Messing, ds Mösch putze:
die Meinung sagen, ausschel-
ten

Mouchli-Wätter: gedrückte Stim-
mung
Müschterler: Stoffvertreter
muggle: murren
Mundur, Mondur: Militäruniform,
Kleidung
murb: mürbe, leicht zerfallend
Murten uber: Ende der Geduld,
der Nachsicht, des Harrens
muschtere: energisch fortschicken
Mutti: vermummte Gestalt, die
am Neujahr von Haus zu Haus
geht

nötlig: dringlich
notti: doch, trotzdem, dennoch
Nüünizie: Mühlespiel
Nüsser: Kerl

päärsche: schwer seufzen
paggle: ungeschickt, grob und
stümperhaft arbeiten
Pajass: Narr
Pantsch: schwere Arbeit und
rauhe Behandlung
Parylle: Pfingstrosen
Pfyfölterli: Schmetterling
Presshebi: Hefe
Propheetebeeri: vorwitzige
Person
Puffert, Büffee: Geschirrschrank,
Anrichte

ratseme: pflegen, besorgen
Reprosche: von frz. reproche:
Vorwurf, Tadel
röndle, hier als Redensart: durch-
hecheln

Särvice: Tischgeschirr
Schese: kleine, gedeckte und
gepolsterte Kutsche
Schippergloschli: Unterrock aus
Wollstoff
Schlutüde: Überjacke

126

schnaule: anfahren, barsch abfertigen
schnibele: rechthaberisch reden
Schöpf-Gohn: Schöpfeimer mit langem Stiel
staadisch: aufgeputzt
Stämpfu, scho fascht uf... : auf Stempelpapier und amtlich beglaubigt, hier als Redensart: mit aller Sicherheit
steine: von Steinen säubern
Stillvöllibulver: Pulver gegen eine Verdauungskrankheit der Kuh
Stopfi: ungeschickter Mensch
stroomere: herumvagabundieren
Suufludi: wer gerne viel trinkt

Tääschi-Hüttli: unansehnliche kleine Hütte
Tannstuller: Tannengipfel
Tiller: verharmlosend für Teufel
Titti: kindischer Mensch
tonnschtig, donnschtig: verhüllend für Donner
Trädeli: unnatürlich gedrehte Locke
Trauch, Trank: Krankentee
traudere: trällern
Trom: Fährte
tromsig: verkehrt, quer, schief
tschämele: auf Patensuche gehen
Tuechmässer: Spannerraupe
Tüllerli: Köpfchen
Tusche: kalte Brause

uberha: sich beherrschen, sich enthalten
Umuess: Mühe, Sorge
unghalet: schalenlos
ungratsem, ungrad: falsch, schlecht geraten
unkomod: unbequem, ungelegen
Usbung: Ausbund
useschöne: sich entschuldigen, sich hinausreden

usööd: wild, frech, asozial
ussever: aussen

Verbotstud: Stange, wo amtliche Anzeigen angeschlagen werden
verflüemeret: verflixt
vergausere: verderben
vergwenne, verwöne: verwöhnen
verkremänze: ausschmücken
verpaggle: verfilzen
verpütschiere: versiegeln
vertüendlig: verschwenderisch

Wagle: Wiege
Wase: Rasen
wehbere: wimmern, vor Schmerzen und Elend stöhnen
Wiggle: Steinkauz, Eule

zaale: zielen, hinsteuern
zimpfersch: zimperlich, zart
zwitzere: glitzern, flimmern